過去を未来に繋ぐ6つの成長譚

還らざる時のシジマに

Junモノエ

Clover
クローバー出版

「人生、早いし儚いのよ。こうして不条理に幕を下ろす事もあるの。
だから一瞬一瞬を、やりたい事を一生懸命やらなきゃ。
もっと生きたかったのに、不条理に犠牲になった人の分までね」

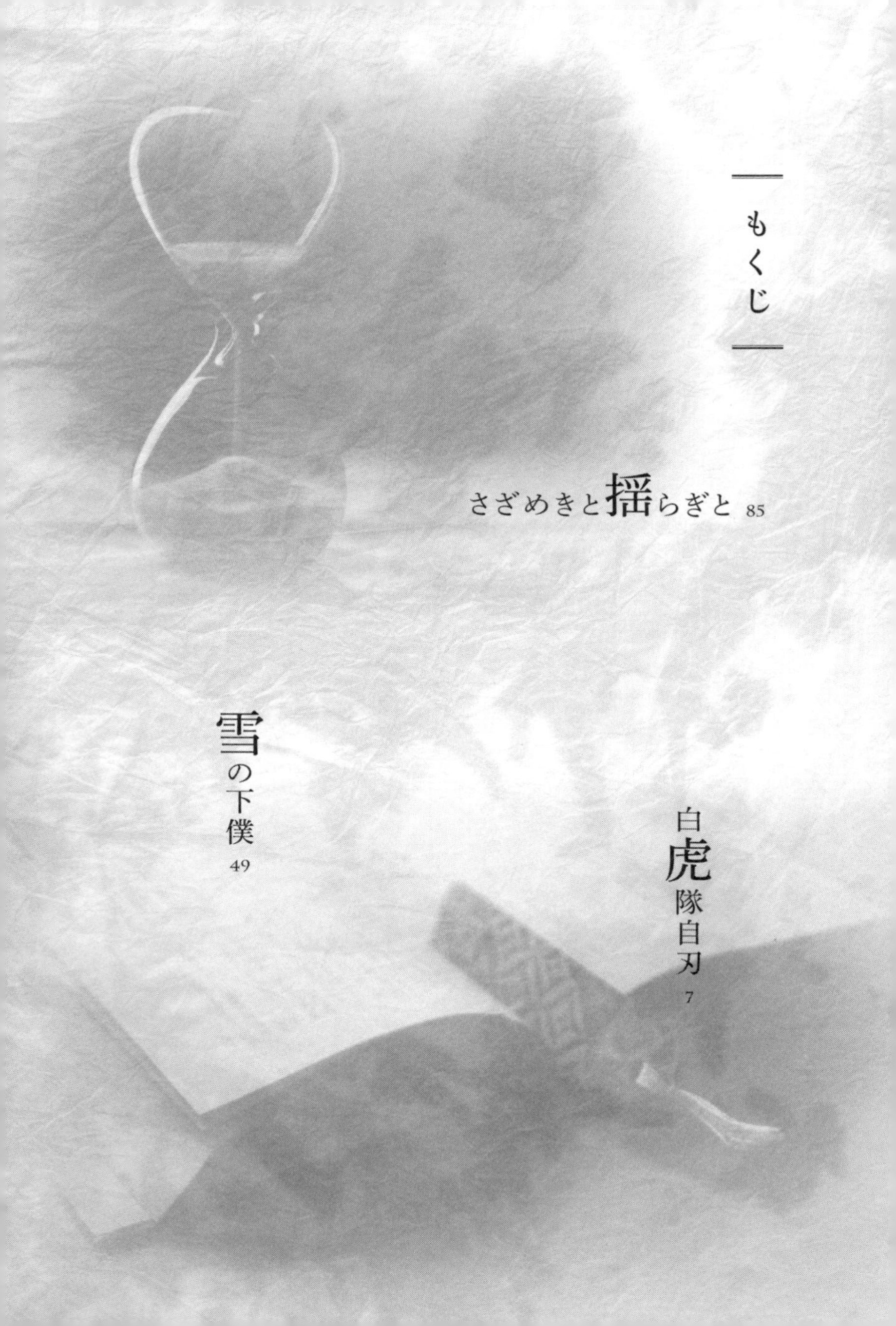

もくじ

白虎隊
白刃

あの頃、僕は空虚と絶望の中に毎日をただ生きていた。

将来、自分が何になりたいのかもわからない。まぁそこまでは思春期に多くの少年少女が向き合う壁なのだろう。早くから自分の夢を見つけ、頑なにその道だけを歩み続ける者なんてほんの一握りだ。多くの者にとっては、目の前のルーティンを淡々とこなしながら、友と文武両道に励む切磋琢磨の日々。時には恋にもときめきながらの青春。それが幼い頃に漠然と描いた「青春」だ。誰もがそうだろう。

「青春」。ある日までの僕のそれは悲惨だった。簡単にいえば中学・高校と「苛《いじ》められっ子」だったんだ。そんな僕に友などいるはずもない。どんな苛めを受け、どんな辛く苦しい思いだったか。それは世の「苛められっ子」が受けた仕打ち、背負う思いとそう変わらないと思う。幼い頃に描いた、そうなるはずだった「青春」からは大きくかけ離れていた。どこで予定が狂ったのだろう。僕は毎日をただ生きた。

両親には言わなかった。言えなかったという方が正しいだろうか。身体的な苦痛を受けもしたが、そこは手を出す連中も巧妙だ。傷跡が残る顔は殴らず、徹底的に身体を痛めつけてきたからね。だから気づかれる事もなかった。多くの苛められっ子がそうであるように、僕も両親には心配をかけたくないという気持ちもあったし、「言っても無駄」という諦めを抱いていた事も否めない。

バブル期に青春を過ごした父親は、放課後や休日も引き籠《こも》りがちな僕を見て、「俺がお前の頃はな……もっといい服を着たい、いい車に乗りたい、綺麗な女性と付き合いたい。アレも欲しい、コレも欲しいと欲望に飢えてたもんだ」と呑気《のんき》に言う。その頃の時代背景と価値観を押し付けられるなんて冗談じゃない。いや、そんな事も関係なかったんだ。そう、僕はただ、空虚と絶望の中に「居た」だけなのだから。自分なんて生きている価値はない。苛められる多くの人がそうあるように、「自殺を考えた事はない」と言えば嘘になる。まぁ、その話までいけば本題からどんどん脱線するからこのくらいにしておこう。昔の事だ。


何を機に変わったか？　それが実は、ある夜、不思議な「夢」を見た事だった。今思えば笑える話だけど、今思っても夢か現実かわからない。

よく「人生を変えるのは出会い、そして言葉だ」と言うね。その出会いとは現実に誰かと会う事かもしれないし、本を読んでの話かもしれない。だけど引き籠りの僕は外で誰かと会う事もなければ、何せ僕は空虚なんだ。空っぽなんだ。読書をする由もない。

そんな僕に業を煮やしたのは「前世の意思」か「守護霊」か。正体は知らないけどね、何かが僕に夢を通して「人生を変える出会い」を贈ってくれたと解釈している。所詮、意味の後付けだけどね。


あれは十一月。夜はもう冬のように寒くなっていた。僕はいつも通りに部屋の中にただ居た。自分を取り巻く状況は悔しくもなく悲しくもなく、ただ空っぽだった。両親は勉強でもしていると思っていただろう。でも本当に何もしていないんだ。ただその日に限っては「居る」だけで大きな疲労の波が押し寄せ、意識が泥の沼にゆっくり飲み込まれるように、眠りに落ちていった。

浅い眠りで寝ている時に「今見ているこの風景は夢だ」と自覚できる事ってあるだろう？幼い頃であれば、その時にオネショをしてあの股間や腹部が液体に濡れる感覚。遠い記憶でもみんな覚えがあるのではないかな？「あぁ今僕は夢の世界にいてオネショをしている……」という夢と現《うつつ》を行き来する感覚。

その日、眠りに落ちてどれ程の時間が経った頃か。あの時は僕も、その感覚が染み広がって、寝ながらも「この年齢でやってしまったか……」と薄らと羞恥心や後悔を感じた事を覚えている。小学生の頃、オネショをした時にコッソリそうしたように、脱衣所へ向かって体を拭いて下着を替えようと、まだ眠ったまま頭の中でそう思った。そうする為にまずは目を開き「眠り」を断たねばならない。本来の意識を取り戻さなければ。要するに起きようとした訳だ。だが……どうやら様子がおかしい、途中でそう気付く。意識をハッキリと覚醒できなかったんだ。自分の意思では。

ようやく目を開けばそこも暗闇だった。本来は薄く見えるはずの自分の部屋がそこにはなかった。同時にあの液体に濡れた感覚が、胸元まで重い水圧と共に体を包んでいた。目を凝らすとそこは洞窟のようだ。そして冷たい水流の中を僕達は歩んでいる。そう、僕達。暗い中、前にも後にも、共に進行する複数の人間の気配があった。それどころか僕は一人、怪我をしているらしい男に肩を貸しながら、その洞窟の堰の中を歩いていた。後で調べて知る事だが、そこは戸ノ口堰洞穴と呼ばれ、湖から水を引く人工の川だったらしい。

「もうすぐ洞門《どうもん》を出るぞーっ」

前方から誰かが叫び、洞窟内に反響した。出口から光が射し込んでいる。しかし洞穴を抜ければ、辺りに漂う空気にざわめきを覚えた。遠くよりかすかに悲鳴や怒号、そして砲撃の音が耳に届く。

　視界が開けて初めて気づく。僕達は兵士の服装をしていた。歴史の教科書や、小学校の頃の修学旅行で会津若松に行った時に見た記憶がある。幕末の戦、昔のサムライ時代と新しい洋式スタイルの古今が入り交じる戊辰戦争。そして僕達はまさしく会津で見た白虎隊の少年兵そのままだった。

「林、俺も道に上がりたい」

　肩を貸していた男が言った。名前を呼ばれたその時、僕の意識は僕自身の意識であると同時に、「林八十治《はやしやそじ》」という男の意識でもあった。不思議だった。僕は僕であり、林なんだ。

　肩を貸す男の名が「永瀬雄治《ながせゆうじ》」である事も自然に認識していた。永瀬は戦場で散弾を受け、ここまでの退却を必死に付いてきた。僕達は皆に続いて堰から道に上がった。

　洞門の前には弁財天の社《やしろ》があり、さらに飯盛山の階段を登れば「さざえ堂」という仏閣が立ち尽くす。退却の行軍は、無言で山を登り進んだ。一歩一歩進むごとに、今まさに自分達の故郷が市街戦の犠牲になっているであろう空気が、耳鼻に音と匂いを運び、頬を滑り吹き抜けた。

そして僕達は森が開け、城下町を一望できる場所まで出た。遠くに見える城の天守閣は黒い砲煙に覆われている。周囲の屋敷が炎上しての煙と認識はとれたが、それでも戦慄は全身を駆け巡った。絶句する者。咆哮《ほうこう》する者。そして冷静にどうすべきか論じ合う者……僕は永瀬を担いだまま、全員の顔を見渡した。十五歳を過ぎているとはいえ、皆まだあどけない。どれだけ成人のように振る舞おうとも、本当に本当に彼らの顔つきはまだ少年だ。

野村駒四郎《のむらこましろう》という男が、篠田儀三郎《しのだぎさぶろう》と呼ぶ男に向かって言った。篠田がこの二十人のリーダー格だった。

「我々の任務は終わってはいない。早く城元へ辿り着き、敵と戦おう！」

何人かが同調していた。

「そうだ。我が若松城は、かの蒲生氏郷《がもううじさと》公が築いた名城だ！　そう簡単に落城する事はない！　早く援護に参ろう！」

議論は一時間程に及んだ。その間、篠田は何度も永瀬や負傷者達を慈《いつく》しむ眼差しで見つめていた事を、僕は見逃さなかった。城では家老達ももはや籠城戦を敷いており、そこへ辿り着くまでの城下はもう敵が取り囲んでいるだろう。その中を、永瀬達負傷者を抱えて進む事は困難を極めた。

篠田は視線を皆から天守閣に向け直し、静かに語りだした。

「我らには負傷者もいる。誤って敵に捕まり屈辱を受けるのであれば、主君や祖先に申し訳が立たぬ。そして俺は一人も置いてはゆけぬ」

遠くを見つめたまま、篠田は続けた。

「もはやこれまでだ。武士の本分を貫き潔く自刃するのだ。城に向かって敬礼。そして……腹を切ろう」

異論を唱える者はもういなかった。

石田和助《いしだわすけ》の目は潤み、歪んだ表情を浮かべている。彼も既に深い傷を負い、かなりの重症だった。

「そうと決まれば……俺は苦しいんだ……お先にすまないな、みんな……御免」

そう言うと正座し、着衣の前を開いて腹を出して両手で短刀を握る。誰も言葉を発さなかった。その短刀はグッグッと左脇腹に埋まってゆく。石田は苦悶の表情で呻《うめ》きながらゆっくり右へ運び、獣が吠えるようにまた左へ戻した。

夢にしてはやけに臨場感があり過ぎた。不思議じゃないか。僕は僕という意識を持ちつつも「林八十治」という意識でもあってこの場面に立ち会っている。目を覆いたくなるような惨状で驚きを隠せずにいるのに、もう片方の意識はそうする事が至極当然と受け止めているんだ。その時の僕の頬には、一筋静かに涙が滴《したた》り落ちていたよ。

「見事だ……石田。俺も今すぐ行くぞ」

石田の最期を見届けて、次は伊東貞次郎《いとうていじろう》がその場で正座をした。

「父上、母上、長らくお世話になりました」

伊東は両親に口上を述べだした。

「年少といえども皆様に遅れず、今、果て申す。願わくば……次の世も父上、母上の子として……俺を」

詰まった伊東の言葉は、溢れ出る涙と共にこぼれ出た。

「俺をまた産んでくんつぇ！……えいっ！」

言いながら短刀を抜き両手で握るや刹那、刃は喉を貫いた。

永瀬は、林八十治である僕に向き直り声をかけてきた。夢とはいえ、僕はその笑顔を生涯忘れない。何とも清々しい笑顔だった。

「林、一緒に刺し違えて死ぬべ」

「んだな、そうすっか」

僕も精一杯微笑んだつもりだ。そう言って頷《うなず》いた。本当の僕の意思とは無関係に、言葉が口から出ていた。不思議だ。言葉が会津弁であった事もそうだが、僕はこの時、本当に永瀬と刺し合って死ぬなら本望と感じていた。

「あの世でも……また友達だぞ！」

「ああ、あの世だけじゃね。来世でもだ」

涙で景色が歪んで見えていた。体は震えているが恐怖なのか喜びなのかわからない。

深呼吸で気を落ち着かせ、二人で互いに抱き合い、相手の肩に手をかけ刃先を腹に突き立て合う。皮膚に触れる刃先の点が、全身を鋼鉄と同化させてゆく感触。それでいて緊張しているはずなのに、体はリラックスしていたようにも思う。意識のどこかで「これはどうせ夢」という言い聞かせがあったのか、それとも本当に覚悟ができていたのか。

「いいか」

「よし」

「最期、こうする事がオメとで、本当良かったぞ」

「俺もだ」

僕達は渾身の力を振り絞り、突き合った。痛みというより、大量の血を吐くようなこみ上がり感が僕を襲った。

永瀬は倒れた。僕が刺した刃は鳩尾《みぞおち》から肺を突き上げて刺したらしい。声にならずに僕を見つめ、やがて絶えた。僕が苦しむのはそれからだった。死に切れない僕を……つまり林を、遅れて激痛が飲み込んできた。刺し傷の穴からは吹き出る赤黒い血液、そして裂けた腸の断片。本来の僕の意識はとても混乱していた。無理もない。そんな事は現実社会で見る光景じゃないし、体験じゃない。本当にこれは夢なのか？　現実なのか？

苦しんでいるとそこへ、正に今、腹に刀を当てていた野村駒四郎が立ち上がった。

「林。野村だ。介錯《かいしゃく》致《いた》そう」

「た……頼む」

僕の中の「林」が、苦しみの中からやっとの呼吸でそれだけ言えた。景色はもうおぼろげだ。ぼんやりと感じる野村の気配を頼りに僕は向き直り、正座し片手で腹を、片手で地を支え俯いた。

「か、かたじけない」

それが僕の中の林が言う最期の言葉だった。野村の一刀に、僕の首は地に転がったのだろう。ボールが弾むように見える景色が揺らいだ。それからも不思議と僕の意識は働いていた。僕の首は、確かに胴体と繋がっている感覚はない。先ほどまで襲われていた腹の激痛をもう感じてはいないのだから。地面からの視界で、他の者達が皆続いて最後まで自刃《じじん》してゆく光景を見ているんだ。いや、あの時の僕は、目に見えない何かによって見させられたのだと思っている。

有賀織之助《ありがおりのすけ》も、安達藤三郎《あだちとうざぶろう》も、池上新太郎《いけがみしんたろう》も、石山虎之助《いしやまとらのすけ》も、伊藤俊彦《いとうとしひこ》も、井深茂太郎《いぶかしげたろう》も、鈴木源吉《すずきげんきち》も、津川喜代美《つがわきよみ》も、津田捨蔵《つだすてぞう》も、西川勝太郎《にしかわしょうたろう》も、間瀬源七郎《ませげんしちろう》も、簗瀬勝三《やなせかつさぶ》郎《ろう》も、簗瀬武治《やなせたけじ》も、野村駒四郎も、飯沼貞吉《いいぬまさだきち》も、そして篠田儀三郎もである。皆、享年は十六から十七の少年達。当時の僕とそう年齢の変わらない少年達だった。

最後の一人までが自刃して散って逝く場面を見届けて、僕の夢はそこで途絶えた。凄絶だった。「林」が消えて本当の自分の意識だけに立ち戻り、起きてみれば普通の朝だった。いや、僕の中では何かが変わった朝だ。命の重さ、軽さを悟ったのかと訊かれたら自信はない。生きる事への意味、価値かといえばそうかもしれない。

朝が来て、いつも通りに目覚めるといつもの日常だった。

青春のたかが一ページ。つまらぬ事で人を傷つける事も愚かだが、傷つけられて容易く命を落とす事もあってはならない。まだ長い人生、その先を台無しにする事はないだろう。僕達は選択できるんだ。彼らはその選択が出来なかった。あの若さでまだ未来があった彼らの無念と比べたら……僕達は恵まれている。バブル期のギラギラした青春時代の父も、便利で情報に溢れた現代に青春を過ごす子供達にも、彼らの青春と比べたら僕達は恵まれている。

あの若さで藩や主君、民や家族の為に命をかけた武士道の青春。

僕は「与えられた命を使い切りたい、使い切らずに死んでたまるか……」そんな思いが芽生えた。あの朝に。

それから図書館や歴史に詳しい先生に訊ねて、白虎隊や幕末の事を調べたよ。飯沼貞吉は急所を外れていて、後に救助され生死をさまよったと知る。蘇生後、敵藩・長州に流れその地で過ごし、新しい時代を迎えた。家族もできて昭和まで生きるも決して多くを語らなかったらしいけど、ようやく晩年に語った顛末で、白虎隊の真実が消える事なく語り継がれてきたのだろう。長州で生かされてきた事に、隊士の仲間達への気持ちで苦しんだのかもしれない。それでも、結局は語り残す事が彼の役割だったのかもしれない。


その後の苛めについて。当然、急に止むなんて事はなかった。

ただある日、不思議な事があった。高校で特に札付きの不良少年がいた。学校にも滅多に登校しない男だったが、そんな彼が僕にナイフをチラつかせて脅してきた事があった。噂では本当に人を刺した事があるとかないとか。本当なら少年院に行く所だろうが、でも所詮はハッタリで、自分より弱い者にしか虚勢を張れない正体だと思ってる。僕はそのナイフを見て、あの夢で永瀬と刃を突き当てあった事を思い出した。刃先が触れる点から全身が鋼鉄と同化したよな……あの時だよ。あの時同様、リラックスしていた。そしてこう言えたんだ。

「刺せるものなら刺してみろよ」

刺すぞコラ！　だとか何やら威嚇し続けていたが、ずっと僕は冷静だった。夢とはいえ僕は友と一度、互いに刺し合い、友の命を奪っている。あの肌に当たる感触を忘れられない。けして度胸が突然付いた訳ではなく、どちらかというと「もうどうでもいい」という自暴自棄だった。

その時だった。横から突然「裕二《ゆうじ》」という男が「馬鹿な真似はやめろ」と割って入り、助けてくれたのは。ナイフ少年は不貞腐《ふてくさ》れてその場を去った。その背を見つめながら裕二はポツリと言ったんだ。

「遅れてすまなかった。やっと見つけた。これからは二人で、こんな下らぬ事に負けずに立ち向かうぞ。せっかく生まれ変わったんだからな。約束だ。この世でもまた友だ」

裕二とは、あれから何年も経った今も親しく付き合っているが、彼は後にも先にもそんな事は二度と口にせず、またその台詞も言った覚えがないと言い張る。

自分自身も変えるように努めてきた。自分を律し、鍛え続けた事で苛められなくなった。人生はまだ先が長かったんだ。夢や使命も見つかれば、真の友も必要な時に現れる。

梓弓　向かうふ矢先はしげくとも　引きな返しそ武士《もののふ》の道

〜完〜

右岸の彼方に

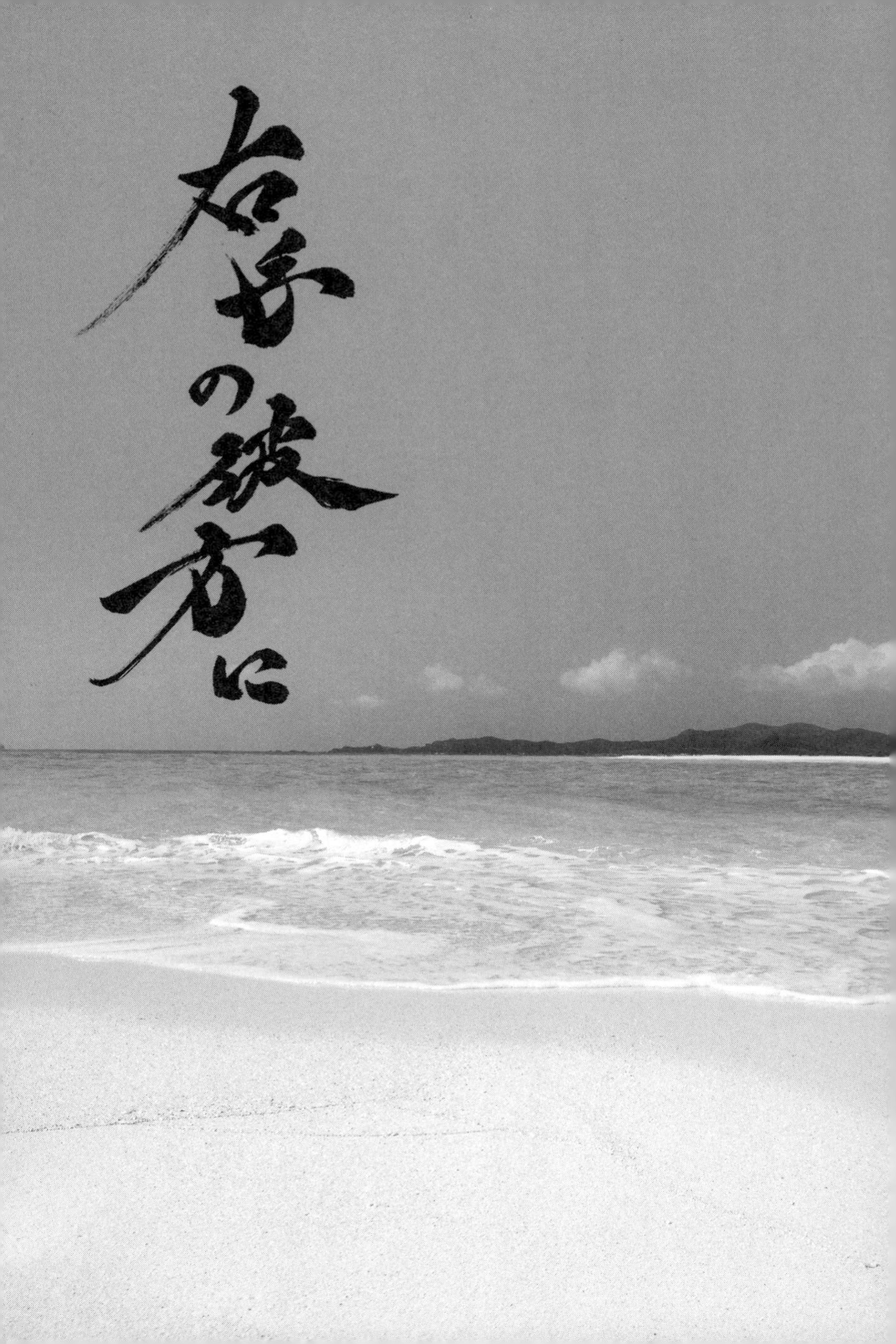

「僕はもう君にはついてゆけない。サヨナラ」

部屋に明かりを灯すと、テーブルの上の書き置きが目に留まった。罫線も何もない白紙に一息で読める短い文章。俯いたまま落とした視線だけを上げ、部屋を見渡す。徹の気配はどこにもない。

徹《とおる》が去った。

広い文字間と行間には熱くも冷たくもない、無機質な温度が漂っている。黒インクはやがて山水の水墨画の滲んだ霧のように広がり、広すぎる余白は奏絵《かなえ》の心を白く侵食する。もしいつかこんな時が訪れるとするならば、きっと涙は止めどなく溢れ制御の効かない嗚咽《おえつ》に身を任せるのだろう……そう思っていた。涙は流れていない。代わりに一つ、小さなため息が漏れる。まるで飲み残して気抜けした炭酸飲料の、ボトルキャップを開栓したような軽さだった。奏絵は己の感情を分析した。動揺はない。悲しいのか、悲しくないのか。それすらもわからない。

奏絵、二十四歳。職業は観光バス添乗員、いわゆる「バスガイド」と呼ばれる仕事だ。共に暮らす恋人は会社から名古屋への異動を命じられ、それを機にプロポーズされる。

仕事を辞めて付いてきて欲しい。徹はそう告げた。バスガイドは一度ツアーに出ると一泊、二泊も珍しくない。結婚しては、なかなか続けられない仕事だ。元来、アクティブに動く事の好きな奏絵はこの仕事に使命すら感じている。天職とさえ感じた。


「なかなか週末の休日が合わない」

「遠くのツアー先で、仕事仲間や旅行客達……仕事とはいえ他の男性と過ごしている」

当初、奏絵の職業については承諾を得た上で付き合いだした二人だったが、時間の経過と共に徹は奏絵がバスガイドを辞める事を望むようになっていた。

「辞めたくないの」

口論の日々が続いた。何故、女だけが愛か仕事かの選択を迫られねばならないのか。確かな答えを延ばしている自覚はあったが、徹は十分に確かな答えを出していたのだろう。

一度だけ週末に休日を合わせ、二人でドライブへ出かけた事がある。晩夏、晴れ渡る日だった。とはいえコンクリートが照り返す光は、熱と湿気をまだ帯びている。二人を乗せた車はそんな都内を脱出し、一路伊豆の下田へと向かった。西湘バイパスでは爽やかな浜風を受けながら太平洋を真横に。小田原からは緑のトンネルを潜り、太平洋のパノラマを俯瞰するように。奏絵は仕事で何度か通っている道。だが、徹と走るその新鮮さは正に命の洗濯だった。

海水浴客もいなくなった下田の白浜に着くと、徹は海外のリゾート地に来たようだと興奮して言った。

「エメラルドグリーンの海、白い砂浜。こんな海を日本で見る事が出来るなんて……まったく知らなかったよ。いいなぁ。君はこんな絶景を仕事で見て回ってるんだね」

「あくまで仕事よ。大事なのは誰と来るかよ。ずっと徹を連れて来たかったんだぁ。喜んでもらえて良かった」

奏絵に向き直した徹は、黙ったまま奏絵の手を取る。潮騒と夏の名残りを運ぶ風が二人を包んだ。

「ここを通過する時は、君は旅行客へどんな風に案内するのさ？」

徹の問いかけは、いつも不意にくる。

「どんな風って？」

「ほら、バスガイドお決まりの『右手をご覧下さい』ってヤツさ」

奏絵の瞳は空を見上げた。

「ん〜……六月にもある会社の社員旅行の添乗をしたけど、下田が目的地だったのよ。どちらかと言えば『皆様〜、バスは間もなく目的地の下田○○ホテルへと到着します』だったわ。それにね……」

「それに？」

「ここまでをよく思い出してね。都内からここまで、私はどちらかと言えば、進行方向には背を向けてお客さんに向かっているの。案内するような海の景色は乗客の左手よ」

「あぁ、そうか」

徹は微笑んだ。微笑みながら握る奏絵の手を引き寄せた。

「いつか必ず、君の右手の案内を聴いてみたいな」

不景気。普段、街へ繰り出せば景気の良し悪しを実感する事は少ない。しかし奏絵の勤務する小さなバス旅行会社からすれば、仕事の減り方は露骨だ。経費削減の名の下、常連企業の慰安旅行の取り止めは相次ぎ、運行するのに採算上必要な人数も集まらず中止になるツアーも目立った。

辞めねばならぬ程のリストラの矢は、奏絵にはかろうじて向かなかったものの、雇用形態は契約社員へ降格。ついでに事務職への転属も余儀なくされた。バスガイドはもっと人件費が安く済み、可愛がられる若いスタッフにしたい。会社はそんな事情も孕《はら》んでいるようだ。

公休も増やされ、街をさまよう事が多くなっていた。世間の若者のようにショッピングや映画、食事と謳歌する訳でもなく、これから自分が生きる道がどこかにポツリと落ちていないか……そんな事ばかり探していたような気がする。何せバスガイド以外の道を知らない。自分には他に一体何が出来るのか。続く葛藤、襲ってくる空虚感。しかし思えばそれは、徹と別れた頃からの無限に広がる白い闇だ。自失。孤独。追い討ちをかける「経営上の理由」すべてが白い闇だった。

そんな日々を重ねる中、奏絵が拾ったのは「転職」ではなく「結婚」だった。奏絵、三十六歳。相手は六歳年下の美容師。

人事課の連中は表面上の祝福を装ってはいるが、『やっと春が来たか』と、白々しく込められた嫌味を忘れはしない。

『主婦業をする時間も持たなきゃ』『いつ子供が出来るかわからないし』奏絵はパートに降りた。それは巧みな口実、陰りある誘導に屈した気がしてならない。が、気にしないよう努めた。世間ではもう十分に「お局様」と呼ばれる年齢なのだ。愛する夫との暮らしの為、自分が耐えればいい、それだけなんだと。ただ、それが本当に愛と呼べる物なのかどうかも自信はない。

徹と暮らした日々を一度も思い出さなかった、といえば嘘だ。彼は今どこで誰と、どんな暮らしをしているのか、少しも想像しなかった、といえば嘘になる。あの時、徹と別れずに名古屋についてゆけば、どんな暮らしをしていただろう？　どんな自分がいただろう？

愛？　愛とは一体、何なの？　まったくわかっていなかった。


結婚は五年で破綻した。

不景気はいつの間にか乗り越えたのだろうか。時代は、にわかに景気は上向き客足が戻りつつ、同時に人手不足が訪れていた。色々とあったのは、世の中も私生活も同じだ。奇しくも奏絵は、再びバスガイドの現場へ正社員として復帰していた。

「君に頼るしかないんだ。君も離婚し、このまま人生を棒に振りたくはないだろう」

ベテランだからという大義名分を帯び会社は重宝してくれるが、その調子の良さには心底辟易《へきえき》した。

「部長。嬉しいのですが、私がパートまで降りた時の皮肉、忘れてはいませんよ」

「それを言われるとタジタジだな。気を悪くしないでくれ。君の力はきっと我が社を救ってくれる」

外には奏絵くらいの年齢でバスガイドをしている女性も多くいる。単純なものだ。悪い気はしない自分がいるのだから。

「私の人生の大半はこの仕事についてきた」

自負がある。

「ついてきた」「ついてゆけない」徹の置き手紙がふと脳裏を横切る。

「ついてゆけない」あの頃、自分は徹をついてこさせていたのか？　自分は徹について行っていなかったのか？　過ぎた事を考えても仕方ない。奏絵、四十一歳。頭を切り替え、前を向く事にした。「若い頃には出せなかったベテランの味を熟女パワーで魅せてやる」。奏絵は自分の新たな決意が滑稽に思えて一人はにかんだ。

再び踏み出したスタートライン。それは離婚や様々な紆余曲折よりも、「徹との別れ」があの日落とした白い闇の呪縛からの解放だ。心の中を水墨画の霧のように侵食した白い闇。

四年の歳月が流れた。奏絵のバスガイドとしての評判は、業界内でちょっとした噂にまでなっている。

あるツアーだった。都内から三島、西伊豆を経て修善寺宿泊。翌日、東伊豆は下田を経て熱海へ北上するコース。伊豆一周を銘打ったそのツアーは最低催行人数三十人の規模だが、新規顧客獲得を狙った採算度外視、ガイド付で破格の価格設定。結局、想定を上回る三十七人の申込を受けた。まるで大人の遠足だ。

日程二日目の修善寺を出る時、宿の外は生憎《あいにく》、大粒の雨に見舞われた。ツアー客は残念がったが、風情ある温泉街の街並みに雨もまた良しと見惚れているようだ。

奏絵は、あの美しい白浜を見せられない事を人知れず悔しんだ。せめて自分のガイドで白浜の持つ美しさを想像させられれば……。

前日、後部座席に座っていた二十代前半と見られる青年が、この日は前列から二列目の窓際に移動している事に気づく。昨日から声を発したのを耳にしていない。物静かな印象だ。前日にそこへ座っていた中年の男性客と交渉し、席の交換が行われたと後に運転手から報告を受ける。

奏絵は彼が目線スレスレまで深く被ったキャップが、視界を遮り折角の景観を眺めるにも邪魔だろうと感じた。それはたとえ大雨ではあっても。

「何が楽しくてこんなに若い子が、こんなオジさんオバさんに紛れて一人旅をしてるのかしら」

ツアー初日から淡い疑問を覚えたが、他の客同様、普段通りに振る舞う事を意識した。車中ではすべての客に目配りする。彼は幾度も目が合う度、意図的に視線を外の景色へ移す。その横顔を見る度に関心が深まるばかりだ。彼の何かに惹かれる。何かが気にかかる。深く被ったキャップの事などではない。もっと別の何かが。

雨は降り続く。白浜のエメラルドグリーンの海も今日は濁って見えるだろう。悪天候とはいえ、折角、お金を払ってバスに乗り込んできた客に、申し訳ない気持ちになるのもバスガイドの性《さが》だ。

バスは走り続け、やがて太平洋が覗く場所まで辿り着く。雨はますます強く打ちつけた。やはりその色は水平線と空の境がわからない程、仄暗く澱んでいた。

「皆様、東伊豆の海が見えてきましたね。今日は生憎の雨模様ですが……」

「仕方ないよぉ、こればかりはガイドさん、貴方が悪いわけじゃない」

「ありがとうございます。バスは次に下田白浜で休憩を取ります」

紳士的な年配客の声に救われた気がした。奏絵はガイドに集中しながらも青年に視線を配った。彼はやはり黙ったまま流れる外の景色を見つめている。

そういえば……思い返す事がある。徹もどちらかといえば寡黙な男だった。もっと気の効いた言葉の一つも口にすればいいのに……事あるごとにそう思った。彼の横顔に徹の面影を重ねたついでか、記憶の扉が開いたように耳元で徹の幻が囁いた。

「いつか必ず、君の右手の案内を聴いてみたいな」

そうだ。あの時は都内から下田へ向かい、海はずっと左手だった。奏絵自身も長年ガイドを務めてきて、西伊豆から下田へ向かうのは初めてだ。徹に自分の右手の案内を聴かせる事は叶わなかったが、今日の下田白浜は生涯最高のガイドをしよう。奏絵の胸の中には小さな願望が芽生えた。ここにはいない徹に聴かせるつもりで。

その地域の風景、文化、歴史、名産品……バスガイドはどの地点でどんな話を案内するのか、インプットとアウトプットの繰り返しである。突拍子もない話などすれば、後で運転手に注意もされる。奏絵はそれでもそのルーティンを外れる覚悟をこの時持った。咄嗟のアドリブで皆の心に残るような美辞麗句など浮かびはしない。バスは白浜へ近づいてゆく。奏絵の左脳は他愛もないガイドを続けながら、右脳では感性をフル回転させて言葉を検索し続けている。白浜の本来の美しさを観る事の叶わなかったツアー客に、自分のガイドでせめて想像させる為に。そしてここにはいない徹に聴かせるために。奏絵は言葉を検索し続けている。

いつしか青年が窓の外ではなく、奏絵を見つめている事も気づかずに。

「皆様、バスは間もなくドライブイン白浜へ到着します。バスはそちらへ入りますと二十分のお時間を取ります。どうぞそちらでお土産をお求めになったり、白浜の海岸を散策されてみては如何でしょうか？

その後は予定通りに城ヶ崎、熱海と、東伊豆を北へ向かい昼食をとりましょう。このツアーもいよいよクライマックスです。もう少しお付き合い下さいね。皆様、いよいよ白浜が見えてきました。右手をご覧下さい」

間を置いた奏絵は息を深く吸った。そこからが脳内でシミュレーションして組み立てた、白浜本来の美しさを伝える案内の出番。その時、青年と目が合った。ツアー客が右側の窓の外へ顔を向けている中、彼だけは真っ直ぐ逸らさずに射るような眼差しを奏絵に送っていた。

「あ……」

奏絵は一瞬たじろいだ。勝手にプレッシャーを負い緊張していたせいかもしれない。その僅かな心の隙間に差し込み貫く彼の視線。奏絵の心をまたあの白い闇が包んだ。カメラのフラッシュのように。かろうじて「ここで最高のガイドをする」という意識がすぐに現実に連れ戻す。何か……何か話さねば……。

「皆様、右手をご覧下さい」

「ガイドさぁん！　もう見てるよぉ」

後部座席の三十代半ばの男性客が陽気に囃す。奏絵は致命的なミスを犯した。「右手をご覧下さい」の後に続ける言葉が出ずに、事もあろうかその決まり文句を二度繰り返してしまう。およそベテランらしからぬミス。外の景色も見ずに、奏絵を見続けている青年の視線も緩む。

奏絵はその時、困惑していた。あれ程考え抜き、一人シミュレートした案内の言葉はすべて消去されていた。一つの単語すら思い出せない。すべては彼の視線、あの時のフラッシュに。

「右手を……右手をご覧下さい」

三度目は、かすれるような声だった。運転手も奏絵に振り向き、小さく「おい」とだけ声をかけた。ツアー客もさすがに異変に気付き、もう誰も雨の海岸は見ていない。

「皆様、大変失礼致しました。年甲斐もなくちょっと取り乱してしまいました。本当に申し訳ございません。バスガイドを二十年以上続けてきて、こんな事もあるのかと驚いています。

私事ながら、二十年以上前にお付き合いさせて頂いていた彼と、この白浜にドライブに来た事を思い出してしまったのです。こんなオバさんガイドにもそんな輝いている時代があったんですよ。彼は本当に毎日を忙しく過ごしていました。その上、私はこの旅行業界で勤務しております。休みの合わない二人が一緒に白浜まで来られるという事は奇跡に近かったんです。

滅多に都内を出る事もなかった彼は、『エメラルドグリーンの海、白い砂浜。こんな海を日本で見る事が出来るなんて……まったく知らなかったよ』と、喜んでくれていました。

申し訳ございません。私の若き日の恋愛話など皆様には関係ないですよね。でも二十年前の彼を喜ばせた美しい海が、ここにはあったのです。彼を引き合いに出すのは変な話なのですが、そのくらい美しい海だという事を皆様には知って欲しかったのです。

今日は生憎の雨で、まったくそのカケラも見られない海岸ですが、真夏の光線が照らすこの浜辺は、本当に南国へ来ているかのような錯覚を起こすんです。もし皆様の中で、本当の美しい白浜を観た事がないお客様がいらっしゃれば、是非一度、ベストな天候の機会に見て頂きたいと思います。

長い人生と同じです。私も強い雨に降られた事が何度もありました。皆様も同じだと思います。それでも必ずいつかは止んで、スカッと晴れる日がやってくるんですよね。

今回の旅行もまだまだお時間は残っていますが、どうか今日の大雨もそんな考え方で、皆様の大らかな心で、天気の神様を大目にお許し頂けたらと思います」

奏絵の頬を雫が一筋つたう。

バスはもう既に、ドライブインの駐車場に入り停まっていた。

それでも誰も奏絵のガイドを止めもせず、やがて話し終えた時にはどこからともなく、優しい拍手が湧いた。

バスは日程に組まれた予定をほぼ終え、今停まっている東名海老名ＳＡの休憩を終えれば後は東京へ帰り解散を待つだけだ。海老名ではもう雨は止み、名残惜しい夕焼けの光線が辺りを包んでいる。

奏絵は下田での演説じみたガイド以降は、おとなしく淡々と通常ガイド業務をこなした。生涯最高のガイドどころか、後悔に駆られる時間である。運転手に小言を言われたり詮索されたりも鬱陶しく、人目を避けてバスの影に立っていた。

いつもの事ながら、夕方でも海老名ＳＡの週末は賑わっている。太陽の沈みゆく西の空を見上げ、押し寄せる疲れに浸った。

「清水《しみず》奏絵《かなえ》さん」

背中越しに名前を呼ばれた。振り向くとあの青年が背筋を伸ばし、誠実感を漂わせて立っていた。キャップも外して。旅行添乗員という職業は、客からは「ガイドさん」と呼ばれる事が多い。名前で、それもフルネームで呼ばれる事に対して免疫のない奏絵は戸惑いを隠せなかった。

「あ……どうもこの度は、ツアーへの参加、ありがとうございます」

精一杯の笑顔を取り繕った。青年も会釈し、社交辞令的な挨拶を交わす。

「こちらこそ、楽しい二日間、ありがとうございました。そして……今頃になって申し訳ございません。初めまして。僕は奥村諒《おくむらりょう》と申します。大学生です」

奏絵は何故この青年に気を惹かれていたのか、彼に名前を打ち明けられた時にその運命をようやく理解した。その理解はまるで、夕焼けのオレンジに染められた世界の中で、自分だけが打たれた激しい閃光と轟音の稲妻だ。

「もしかして……奥村徹《おくむらとおる》さんの？」

「はい、息子です。よく気づいてくれましたね。似ていますか？」

奏絵には緊張が走ったが、対照的に彼はリラックスしていた。こんな時、どんなリアクションを取れば良いのか、何を話せば良いのか、奏絵のスキルにはない。

「今日の白浜でのお話は、父の事を話して下さったんですよね。ありがとうございます」

「あの……お父さんから何か聴いてたの？　やだ、私。まさかお身内の方が乗っていらっしゃるなんて思ってもいなかったから……」

「いえ、僕は嬉しかったですよ。少しでも父の若い日の話が聴けて」

徹の息子を名乗る青年は、爽やかな笑顔を奏絵に向けた。

「あの……お父さんは？　お元気にしていらっしゃるの？」

奏絵が尋ねた。

「昨年他界しました。癌です」

「え……」

言葉に詰まった。というより、時が止まった。ＳＡ内に響き渡っていた喧騒が消え、色が失せ、奏絵と青年だけを差し置いて世界中の動きが固まった……ように感じた。

いや、それだけではない。周りの景色はあの日の白浜であり、吹く風はあの日の潮風であり、目の前の男は徹だった。

「気にしないで下さい。もう十分に時間は経過しています。喪も明けています」

沈黙と追憶は短い時間だったろう。しかし奏絵には永遠の中に身を置いた感覚が残る。不思議だ。幻が永遠だったのか。永遠に戻れない過去の示唆なのか。永遠と呼ぶ以上、そこに終わりはないのだが、有限の「永遠」を奏絵は確かに感じ、そして包まれた。

青年の声で現実に引き戻され、そして再び時は流れ出す。

「では……今はお母様お一人で貴方を？」

「いえ、母親は僕が幼い頃にやはり病で……ですから父がずっと一人で僕を育ててくれました」

「そうだったの……」

「すみません。辛気くさい話をしてしまって。もうそろそろ休憩時間も終わりですよね？とにかく御礼だけ伝えたくて」

そう言って青年は頭を軽く下げ、再びキャップを深く被り踵を返す。

「待って」

奏絵はバスに乗り込もうとする青年を呼び止めた。

「一つだけ教えて」

「何でしょう？」

「貴方は今回のこのツアーに、何故参加したの？」

青年は躊躇いの表情を一瞬浮かべ、やがて唇を開いた。

「まぁ、言ってみれば……遺言です」

「遺言？」

「ええ。父は亡くなる前……昔、東京で一緒に暮らしていた恋人がいた事を僕に打ち明けました。その女性と別れる前に、一度だけ下田の白浜へドライブに出掛けた事も。今日の清水さんのガイドと符合が一致しましたね」

奏絵の鼓動が早まる。ある一抹の想いが込み上げてきたからだった。果たして呼吸が続くだろうか……。

「父はその時、いつか必ず清水さんの右手の案内を聞きたいと言ったそうですね。それも白浜でと言っていたのを、僕はまるで父の願いのように聴いていたんです。

貴方にはついてゆけない、と別れたそうですね。貴方の右手の案内を聴きたい……ついてゆく、ついてゆけない……そうした矛盾を内包した自分の選択を、父はずっと抱えていたんだと思います。

もちろん、母との出会いは幸せだったと語っていました。それがなければ僕も生まれてはいなかった訳だし。

ただ最近、ふとした事からネットで、父から聴いたバス旅行会社とこのツアーの案内を知りました。

父の願いに決着を付けてやらねばならない……そう思うと僕は、居てもたってもいられなくなった次第です。ホントは苦学生やってるから、旅行なんてしている場合ではないんですけどね」

冗談めかしくそう言いながら、青年は羽織っていたブルゾンの内ポケットに手を運んだ。取り出したのは、若い徹が幼い息子を抱いている写真だ。

「貴方に見せるつもりはなかったんですが……」

奏絵が我に返った時、いつの間にか嗚咽の中にいた。あの別れの夜、味わう筈だった「制御の効かない嗚咽《おえつ》」の中に。

奏絵、四十五歳。長い長い時差。


「おぉい、清水くーん！　そろそろ点呼取るんだよぉ！」

前方の運転席から運転手が声を張り上げた。

「ごめんなさい！　お仕事中にこんな話を聞かせてしまいまして！　けしてそんなつもりではなかったのですが！」

青年は慌てて詫びた。涙でメイクも落ちただろう。他の客達の邪推を誘うかもしれない。

「いえ、貴方は悪くない……悪くないの……」

奏絵はようやく声を絞り出していた。そしてその言葉は、青年に向けてではなく徹に向けて出た言葉だと青年には気付く由もない。


バスは出発し、一路帰京の路についた。料金所が近づくに連れ、渋滞が徐々に激しくなる所が、この日は割と順調に進んでいる。

奏絵は気を取り直して最後のアナウンスを振り絞った。

「皆様、この度は弊社の伊豆一周バスツアーをご利用頂きまして、誠にありがとうございます。楽しんで頂けましたでしょうか？　バスは間もなく終点に到着します。お忘れ物のないように今一度お荷物をご確認下さい」

奏絵が泣いていた事は、運転手も客達も皆、薄々と感づいてはいた。海老名を出てからの奏絵は、スッカリ言葉少なだった。

誰も何も詮索しない事が、かえって責められているような圧を感じる。何か話さねば。そう思えば思う程、思考が複雑な迷路に堕ちてゆく。都内のＪＲとメトロの路線図を重ねたように。このままでは乗客をも導いてしまう。

「尚、本日は私のガイドで至らない点や……また、つい感情が込み上げてしまい、お見苦しい点があった事を心よりお詫びします。昨日今日ガイドになったばかりの新人ではあるまいし、本当にこの道のプロとしてまだまだだと、大変恥ずかしく、ただただ深く反省します」

素直に謝った。言葉をうまくまとめ切れていないが、本心からの言葉だった。

「そんな事ないぞぉ！」

「頑張れぇ、ガイドさん！」

誰かが合いの手を入れた。

「ありがとうございます、ありがとうございます」

また涙が溢れそうになった。堪えた。拍手が湧いた。青年と目が合った。青年も黙って拍手し、そして頷いた。

「頑張れよ！　ガイドさん！　ホントに楽しかったよ！」

「またあんたのツアーに参加するぞ！」

歓声が続いた。奏絵は深く頭を下げてからもう一度言った。

「ありがとうございます」

その時、背後から耳元に向かって懐かしい声が響いた。

「奏絵、ありがとう。これからも頑張れよ」

徹さん⁉

奏絵は振り向いた。


街に灯がともりだすトワイライトの中を、バスは疾走している。

〜完〜

雪の下僕

斜面を滑走する音。ターンの度にエッジが雪面を削る音。そして風を切り裂く音。その三重奏が両耳から飛び込んでは脳内をグルリと渦巻き、後頭部から轟音となって噴射する。おそらくそのサウンドは、自分の通過後に二拍三拍置いてギャラリーの耳に届くだろう。そんな妄想をしていた。つまり自分は今、マッハのジェット機なのだと。粉々に砕かれた雪の結晶の粒子が、空に激しく飛び散る場面を想像した。

自分の滑走跡。透明で稜線《りょうせん》も立体も何もない、幾重もの凍気のカーテン。脚腰が微動だにせぬ岩のようなクラウチングが切り裂いて滑りゆく。肩、腕、腰、脚……ヘルメットの硬さがそのまま伝播したかに見える。地に落ちた紙吹雪が再び空に舞い上がるような雪煙《ゆきけむり》。何度でも言い聞かせる。自分は今、ジェット機なのだと。ターンはしなやかな柳枝《りゅうし》の鞭《むち》だ。ポールのインを最短距離でくぐり抜けては方向を変え、最後のゴールフラッグを最速のスピードで駆け抜ける。歓声の嵐。

那智美鈴《なちみすず》。青森、長野、新潟など強豪県各地に散らばる優勝候補のライバルを抑えて、冬季インターハイ、アルペン競技G・スラローム女子の部、堂々の優勝を飾った。

大学進学で上京し、在学中に目標としたサラエボの冬季五輪出場は叶わなかった。しかし自分では納得しての競技生活を送ってきた。五輪を目指した経験は、必ず今後の社会人生活の糧になる筈だ。長いアスリート生活にピリオドを打つ。

就職はスポーツ用品の総合卸業の会社を選んだ。当然、担当部門はスキー用品を希望しそれは通った。父親は地元岩手に帰って来いと言い続けたが、もっと色んな場所で色んな経験を積み、視野を広げていつか必ず帰るから、という美鈴の主張を信じて折れた（折れて信じる事しか出来なかったのかもしれない）。

子供の頃から両親は経済的にも精神的にも支えてくれた。父親は競技シーズン中には仕事から真っ直ぐ帰ると、毎日ゲレンデのナイターへ美鈴を送迎し続けてくれていたし、大事なワクシングやウェイトトレーニング、マッサージと何でもサポートしてくれた。感謝はもちろん言い尽くせない。父親は現役引退と都内の就職を大変に残念がり、美鈴は感謝が半分、そしてその束縛から解放された喜びを半分持った事が本音だった。

もう一つの解放も待っていた。現役時代に専属のレーシングチームに引き入れてくれたスキー板メーカー（正確には国内輸入元の代理店）という選択もあったが、美鈴は一つのスキーブランドに固執したくないと思っていた。

大きい大会で三位以内に入賞すると、その選手達は表彰台に三人並び、スキー板ブランドロゴやマークを相手に見せて抱え、スキー雑誌や新聞の記者の撮影を受ける。そればかりではない。スキーウェア、ゴーグル、すべての道具のメーカーが、それにより宣伝の謝礼を届けてくれる。スポンサーとなり後方支援もしてくれるのだ。

美鈴はそのライバル達の道具にも、昔から関心を示した。様々なブランドが、その大会表彰スナップに並ぶ場面を好んだ。

同校他校問わず、選手仲間とはそのブランドについて語り込んだものだ。素材、重量、性能について。しかし本当はそんな付け焼き刃の知識はどうでもよい。これはフランスのメーカー。これはカナダのメーカー。板でもブーツでも何でもいい。美鈴にとって様々なブランドのそのアイテムが一堂に会する事は、広げた巨大な世界地図の上に立っている事と等しかった。万国旗で簀巻《すま》きにされ、繭《まゆ》と化した気分だ。

現役時代には、強化合宿で海外へ遠征をした事も何度かある。多感な時期に世界の広さを知った。英会話の堪能なコーチ陣にも憧れた。自分もいつも世界に囲まれてワールドワイドな仕事をしたい。世界中を駆け回る姿を想像していた。スキー道具の数々のブランド達が並ぶ場面こそが、美鈴にとっての「世界」だった。

いざ入社すると、美鈴の仕事は予想に反して地味だった。購買部に配属となり、営業が受注してくる商品の発注手配が主な仕事だ。確かに商品の買い付けやマーチャンダイジング、そして企画を練る部署は他にある。そこのベテランスタッフは、盛んに国際電話で世界各国に電話をかけて働いていた。更に役員クラスの上司は海外出張に年に何度も出かけているのを知っている。彼らの働きぶりは美鈴の目に輝いて見えた。いつかあの部署へ異動したいという希望を秘めて過ごした。

世間では、今をときめく若い女優が主演のゲレンデを舞台にした恋愛映画のヒットで、スキーブームはいよいよ加速する。有名な女性歌手までもが、ゲレンデを連想させるラブソングをヒットさせた。街でもゲレンデでもそのＢＧＭが流れている。美鈴は日本中でこの歌が流れ、ウィンタースポーツの人気が吹雪のようにこの国に吹き荒れていると感じていた。上司や先輩達が「俺たちの若い頃にはさ、前年比１２０％だとか１５０％超えなんていう驚異的な数字、味わった事がない」と興奮気味に話しているのを聞くと、いよいよ明るい未来を信じて疑わない。

地味ではあるが忙しい日々だった。美鈴は世界各国へこそ電話を掛けはしないが、それなりに国内のゲレンデ地域すべてにテレフォン網を張り巡らせた。北海道へ、次は長野、そして鳥取、新潟、秋田に山形。そしてたまに故郷の岩手方面へ掛ける用があると「お父さん、お母さん、元気かな……」と心を小さな針でチクリと突かれた気になる。

社会人三年目ともなると収入も目に見えて上がっていた。「石の上にも三年」とは言うものだな、などと物思いにふけてみる。東京駅の新幹線ホームも、金曜日の夜となると苗場だ、湯沢だ、と浮かれる週末スキーヤーで溢れた。ＪＲのＣＭでそれを促した効果もある。文字通り「花の金曜日」だった。いよいよ世間は冬が熱い季節、スキーがスポーツの王様だと社内でも湧いていた。若者のトレンドは、そんな街やＪＲの駅の光景を見ればたやすく測れた。いつも街頭ビジョンや沿道の店からは、ゲレンデを舞台にしたヒット曲が大音量で流れ続けた。

美鈴は「自分の選んだスポーツが世界の中心で、自分の選んだ道は正しかった」と、高揚と満悦を抑えきれない日々だった。同僚達も変わらなかった。自分達は天下を取った企業だと自信と尊厳に溢れていた。

都内でも見かける機会が多くなったスキー板を積載した車。そのリアウィンドウに故郷岩手の安比高原のステッカーが貼ってあるのを見かけると、無性に嬉しさや懐かしさが込み上げた。安比のロゴの「A」の二等辺三角形が、とても愛おしく誇らしかった。苗場や白馬のネームバリューにも負けまい。安比高原は地元愛も昂《たかぶ》り、国内で最高のゲレンデだと勝手に自負している。しばらく帰っていない故郷を、そして両親を想った。

「お父さん、そちらも大丈夫のようね。みんなが岩手に憧れているよ。都内の若い子達が東北へ向かうにしてもね、途中に幾つも注目のスキーエリアはあるのに、わざわざ遠い安比まで行くんだから。それだけそこはブランドで、東京でも人気は凄いんだから」

⌛

そろそろ本気で夢を叶えようと思い始めた。駅前の英会話教室にでも通おうかと考えだす。しかし毎晩のような上司、先輩、同僚、時には取引先の飲みの誘いを躱《かわ》す術を知らなかった。それはそれで楽しいが、時々現役時代の辛く苦しいトレーニングを乗り越えた時の勝利の達成感や栄光がやはり懐かしくなる。

今でも同僚や上司は「元インターハイ王者」と持ち上げはするが、そう呼ばれる度に美鈴の目の前には、スキーウェアとゴーグルを纏ったあの頃の自分が亡霊のように現れた。所詮幻覚だ。だがその亡霊じみた自分が言う。体はその向こう側を透かせて見せ、現実に会話している人間と体を重ねながら。相手が「ほんと、インターハイ優勝なんて大したもんだよ、美鈴ちゃんは」と唇を動かして音声を発すれば、亡霊は唇の動きに合わせて「過去の栄光よ。あなたは本当にそれでいいの?」と語りかける。自問の生霊だ。結局、夢は思い始めただけだった。夢に向けた具体的な行動に対しては、毎日何かしら「やらない言い訳」で自分を正当化した。

「大卒なのに、バブル崩壊の意味もわからないのか」

唐突に叱られても、わからないものはわからない。無理はない。体育学部の学生に経済などというジャンルは異次元の言語だ。上司や役員達の顔は不機嫌と焦りの色を浮かべる事が多くなっていた。ある日、購買部縮小と人員の有無をいわさぬ異動に美鈴が楯突いた時だった。

「わがまま言ってるんじゃない！　君は会社の危機がわかっているのか！」

「教えてくれなきゃわからないじゃないですか⁉　それよりも何で急に私が営業部なんですか！」

購買部は、営業部が受注した商品を手配する部署である。美鈴の希望する商品部はそうではなく、自社が取り扱う商品を決める部署だ。いわば「買い付け」だ。それが女性でありながら「売り付け」に回されそうになっている。

「君は体育会系だし、ましてインハイ王者と聞いている。だから根性はあると思っているんだよ。それに上下関係にも礼節あると思ってもいたのだが、違うのかね？」

「部長だって私が商品部希望である事はご存じだったでしょう⁉　何故……私が営業部に……？」

声が詰まった。

「購買部が縮小だというのに、その親玉の商品部は拡大なんて事、あるわけないだろう」

事実、そうだった。商品部も縮小の一途を辿るようだった。もっともそれは後に知る事だったが、美鈴はまだ寝耳に水の状態だった。

上司は分かりやすくバブルという状態の説明を始めた。実力はないのに評価が先行する事だ、という言葉が深く刻み込まれた。まるで、インターハイ優勝を引っ提げて大学に推薦入学したのに、大学では結果を残せなかった自分のようではないか。更に上司は状況を細かく説明してくれた。日本は地価や株価が以上な高騰をしていたらしい。会社の目先の問題は、販売先のスキー場、ゴルフ場へ納品した分の売掛が大量に焦げ付きそうな危機との事だ。ようやく理解した。

国内のゲレンデでは今後も遠方の都市部からの学校単位のスキー旅行を見込んで、大量のレンタルスキー用の板やブーツの注文が相次いでいた。請求書を作成し郵送したのも美鈴の仕事だった。あの分がすべて集金出来ないと言うのか……馬鹿な。冬のゲレンデに魅了された人間達が、不景気如きでスキーを離れられる訳がない。この時もまだ揺るぎなくそう思っていた。

むしろ美鈴が脅威に思っている事は「スノーボード」の出現だ。これまでも何度かポストスキーらしきアイディア、アイテムが、生まれては消えてゆくのを見てきた。しかしスノーボードは違う。市民権を確立しそうだ。ゲレンデで所構わず腰を下ろしたボーダー達を「邪魔だなぁ」と思いながらも、俄かにその数が増えている事を気にはしていた。

そうだ。その事を言おう。

「部長！　やはり私を商品部へ異動させて下さい！　私には先見の明があるんです！　これからはスノーボードの時代が必ずやって来ます！　それで会社を救ってみせます！」

財務の理屈がわからぬ娘に、決定事項を覆せる訳はない。会社はリゾート観光事業への投資も行っていて、多額の不良債権も抱えていた。売掛の焦付きだけではなかった。今は新しい開拓と挑戦よりも、切実な危機なのだ。

購買部のメンバーは、七割の人間が流通管理部と営業部に振り分けられた。美鈴は後から真実（らしき事）を知る。流通管理部という部署は、要は倉庫での在庫管理人だ。デスクワークで勤務していた者達が、ある日突然スーツを脱ぎ作業着を着る。営業部は受注を取り付け数字の中に身を置く部署。どちらとも自分から辞めると言い出す者が現れるのを待つ、会社上層部による巧妙な人件費圧縮の施策らしい。噂の域は出ない内容にも感じたが、大学生達の就職氷河期というニュースや、そういう方法はこれから常套となるだろうという先輩の話には妙に納得したものである。

ある時、古巣の購買部のミスで事件は起きた。神田小川町の得意先への納品日の入力が12月10日であるのに、「2」が抜けて1月10日となっていたのである。最近出始めている「カービングスキー」の新作だった。幸いにして在庫はある。たかが二本のスキー板の納品ではあるが、日本橋の倉庫から急いで納品せねばならない。営業車はすべて出払っていたし、特急の運送屋を呼ぼうにも出先からの渋滞で到着時間が読めないと言う。タクシー出費は、後で経理にうるさく刺される。地下鉄で行くにもかえって遠回りだ。美鈴が名乗り出て、自分で持って届ける事にした。上司は「まぁ、会社にいてもやる事は少ないだろうし、気分転換になっていいんじゃないか」と言う。心底腹が立った。

確かに営業部は納品して売上計上され業績が評価される。以前は購買部で何十、何百という注文数を見てきた事に比べると悲しくなる数字ではあった。しかしそのたった二本という注文でもありがたかったし、顧客の信頼を失う訳にはいかなかった。

美鈴は取り置きしていた倉庫内作業用のランニングシューズに履き替え、二本の板をケースに入れて肩に担ぎ神田へ向かった。

上司の言葉が頭の中で何度も繰り返され、苛立ち、そして悲しかった。だが負けない。絶対に負けない。あんな奴に。不景気なんかに。時代の流れなんかに。この世から、スキーの熱い炎を消す訳にはいかない。例え一本でも板が欲しいという人がいる限り、その人の元へ届ける……それが二本もあるのだから。歯を食いしばり、泣きたいのを堪えて神田へ向かった。

到着した神田小川町。十七時を過ぎ、チラホラと街灯も灯り始めるスポーツ店街で、寒いビル風が頬を流れる。店頭に何本もスキー板が並び溢れる街の華美な景色に「バブル崩壊なんて嘘でしょ?」と思った。目指すショップに辿り着き、板を届けて十分に詫びた。

「いえいえ、那智さんが直接持ってくるとは思っていませんでしたから。御社では女性にでもこんな肉体労働をさせてるんですか？　貴方にそんな思いをさせて申し訳ございません。こちらこそ恐縮です」

店員の高場《たかば》敏幸《としゆき》との初めての出会いである。爽やかな笑顔を向けながら缶ジュースを手渡してくれた。あれ？　あれ程辛い思いをして運んできたのに……なんか清々しくないか？　美鈴は感じた。

「まぁ、体力はある方ですから」

「さすが元インターハイ優勝者の肩書きは伊達じゃないですね」

敏幸の笑顔に甘酸っぱさを覚える。しかし自分の経歴が取引先にも知れ渡っていた事に驚きを隠せない。

「昔の話です。それに大学では全然パッとしませんでした」

「いや、それでもその頂に立ったという経験は素晴らしい。ところでこの通り、店もそれ程忙しくない事ですし、帰り道はぜひ車で送らせて下さい。ささ、どうぞ、かけてお休みになられて」

敏幸の好意に甘える事にした。素直に嬉しかった。送ってくれる車は店の営業車でアベニールのライトバンだ。助手席に座らせられたが、車内はいささか距離も縮まるもので美鈴の動悸は早まっているようだ。

「やはりスキーを買うお客様は減ってらっしゃるんですか？」

話題の材料を探さねばと思案した挙句、咄嗟に出たのはつい社内でいつも追われている売上の話だった。もう少し若者らしい話を切り出せば良かったと口にした後で後悔した。

それに答えを聞くのもどこか怖い。

「いやぁ、私達は消費者と直接触れ合う訳でしょ？　厳しくなってきているのは事実ですね」

「やはり……スノーボードに移ってきているんでしょうか」

「今後もその流れは目立つでしょうね。十のスキーヤーが、やがて半分の五に、ボーダーが残りの半分になるのなら問題ないんです、私達の場合はね。ウィンタースポーツ部門として十の市場が十のままであれば。問題は……市場全体の十が九に、そしてやがては五に、四に、と減ってゆく事ですよね」

敏幸は美鈴が漠然と考えていた不安を的確に捉えて驚きを隠せない。

「でもそんな事はないでしょう」

そんな筈はない。日本の景気は不死鳥のように回復し、彩り鮮やかなデザインのスキー板がゲレンデを舞い覆い尽くす。そして私は世界を駆け巡る……。そう信じたい思いが敏幸の予測を打ち消し、再び現実のときめきの中に戻る。後は敏幸とどんな会話を交わしたか覚えていない。

サラエボ。久しぶりにその地名を聞いた。ユーゴスラビアの内戦を振り返る報道番組の特集だった。憧れた東欧の美しい街並みは見るも無残に破壊され、二十七万人もの多くの命が犠牲になったという。出場を夢見た冬季五輪から、十年以上も経っている。日本国内の企業を襲ったバブル崩壊、そして身の上に起きた変化にも戸惑っていたが、オリンピックは平和の祭典と謳われていたのにと虚しさを感じてならない。

しかしこの時の美鈴は違う。希望と情熱に燃えている。白熱した長野冬季五輪会場の、興奮と感動に包まれた雰囲気は忘れられない。男子ジャンプ団体の金メダル獲得の時などは号泣し過ぎて瞼《まぶた》を腫らし、翌日の仕事に障った程である。世界の滑りも目の当たりとし、役得とは言え刺激溢れる日々だった。

取り敢えず、美鈴が三年の期限付きで受けた長野営業所への出向は山場を乗り越えた。会社は、国内ほぼ各県にあった営業所を札幌、青森、仙台、新潟、長野、金沢だけを残して一気に閉鎖し、特に長野は冬季五輪を見据えて力を注ぎ込んだ。

そして春には東京の本社へ戻り、既に恋仲にある敏幸との結婚を控えている。神田小川町にある敏幸の店まで歩いてスキーを納品したあの日、倉庫まで車で送ってくれた敏幸は美鈴の上司を叱りつけた。あなた方の会社は女性に……それもスキー界の宝ともいえるこの人に責任を転嫁し、こんな仕打ちをして恥ずかしくないのですか、と。この事は弊社の社長からあなた方の上層部へ報告させてもらう、といった事も敏幸は実行した。営業部内における美鈴の待遇は改善された。敏幸に御礼したいと食事に誘った時に、敏幸の事を一つ、また一つ知ってゆく。

年齢は美鈴より十歳年上である事や、聞けば敏幸は新潟の妙高の麓出身で、自身も中学まではスキーのアルペン競技の選手だった事。そしてどこまでも紳士的で、ウィンタースポーツを愛し、心優しい青年である事を。デートを何度か重ねる内に、二人は至極自然に、かつ真剣に交際をするようになっていた。プロポーズの言葉も敏幸らしく笑えた。

「僕と君、雪の下僕《しもべ》同士、公私共に力を合わせてスキー業界を守ってゆこう」

一年前に久しぶりに故郷の岩手に赴いた。両親に敏幸の紹介と結婚の報告をしに。両親は喜びと寂しさを複雑な表情で滲ませていたが、心から祝福してくれていた。家を継ぐ弟にも励まされた。

休暇の合間を縫って、敏幸とゲレンデにスキーにも出かけた。スノーボーダーの比率が増えていた事、そして以前より心なしかリフトの待ち時間が少なくなっていた事には寂しさも感じたが、でも大丈夫と信じた。長野営業所時代に白馬のゲレンデで、「ウィンタースポーツはまだまだ陰りはしない」そう確信を抱いていたからだ。

春には敏幸の待つ東京へ帰る。美鈴は幸福の絶頂にいる。美鈴、三十五歳。敏幸、四十五歳。高場の姓に変わる。

⧗

更に数年の歳月が流れる。東京は相変わらず町自体が生き物のようだった。久しぶりに出かけた渋谷は高層ビルが建って空が一段と狭くなったように感じたし、会社の第二倉庫があった豊洲は巨大な街として生まれ変わっていた。

下町・向島に買ったマンションのベランダからは、東京スカイツリーがそびえ立っているのが毎日見える。ここに引っ越してきた当時、敏幸が言っていた「近所に第二東京タワーが建つらしいよ」という言葉が懐かしく思える。

夫・敏幸は宇都宮に単身赴任中である。まったく、日本という国は戸建であろうがマンションであろうが、自分の家を持った瞬間から家は手離せない、会社の命令には従わねばならない、税制も働き方もうまく出来ているらしい。敏幸はスキーショップのエリアマネージャーにまで昇進し、横浜、群馬、福島、栃木と、単身赴任を繰り返している。結婚してから、家族で一緒に過ごす時間の方が短いのではなかろうか。小学生の一人息子の健司は残業や休日出勤になる時、金町にある義理の妹（敏幸の妹）宅に預け、時には義妹夫婦に呆れられながらも美鈴は懸命に働き続けた。

使命感。そう呼ぶに相応しい生き方だったかもしれない。働く理由は生活の為という事ももちろんある。それは世間の誰とも変わらない。どんな職業でも昨年末よりは今年、今年よりは来年と生活水準を上げたければ収入の源泉となる数字を上げる事は必定だ。しかしそれだけではない。私と敏幸は同志だ。二人とも『雪の下僕《しもべ》』なのだ。

日本の経済（東京の景色を見て）がここまで回復したように、私達はウィンタースポーツの人気をもう一度、蘇らせる事が出来る。かつて地元のゲレンデで、リフトに乗るのを三十分も待ったあの時代のように。ウィンタースポーツの……特にスキーの繁栄と栄華を取り戻す為。それが使命感だった。その為に自分はスキー道具を世間に広め、夫は直接消費者へ販売する。美鈴は数字を追い、そして拘った。数字は使命感の達成度の物差しでもあったのだ。周囲は影で「もうあの頃のようにとまでは、とても無理だよ」と口を揃える。言われなくてもわかっている。

家族三人で毎年正月、敏幸の新潟の実家、美鈴の岩手の実家と交互に帰省している。その度に健司を連れてゲレンデへ滑りに行く事も家庭の年間行事だった。

「僕、毎年お正月にパパ、ママとスキーしに行くのが楽しみなんだ」

健司の楽しみにしてくれている言葉がとても喜ばしかった。

しかしそこで、年々減少しているスキー客、そしてスノーボードの若者でさえ減っている事も肌で感じている。いざ出かけると複雑な気持ちに苛まれた。その体感は仕事での具体的な数字とも直結している。前年比十パーセント落ち、十五パーセント落ち、ある時は二十パーセント落ち。如実だ。

美鈴は既に異例の女性初・営業部長にまで昇進していたが、けして役職に満足している訳ではない。彼女の原動力はあくまで数字と向き合い、目標数値を達成させる事、それがゲレンデがかつての活気を取り戻す事。そして唯一自己実現の夢を語るとするなら、世界のスキーを買い付けに行く事を未だ秘めている。世界へ……。

枯渇を知らないバイタリティを持って、身を粉にして数字に邁進し続けた。そんな彼女を部下達は陰でこう呼んでいた。侮辱と嘲笑を交えて。

「社畜」

ある日、美鈴は所用で新宿へ出かけていた。得意先の会社へ向かう途中だった。とあるカフェの前を通りがかった時、よく知っている顔が二つ、窓際の席に座っているのを目にした。事務所から午前中には営業で外出したはずの遠藤と渡辺だ。二人ともコーヒーを飲みながら談笑している。

さぼっている。直勘で感じたというより、客観的事実だ。美鈴の中の正義感が怒りを誘《いざな》った。

「ちょっと。あなた達」

二人のテーブルに近づき、なるべく沈着を心がけて声をかけた。二人の顔には気まずそうな表情が浮かぶもそれは一瞬。次にはもう開き直りの顔に変わっていた。

「あ〜あ、見つかっちゃったか。部長、こんな偶然もあるもんですね〜」

「何、油売ってるのよ。今日のアポやルートはどうなってるの？」

「すみません。さぼっちゃってて。部長も珈琲でも飲んでいかれたらどうです？　ちょうど良かった。僕たちも部長と話したかったんですよ」

「そんなヒマじゃないでしょ！」

「そうなんですよ。僕らもそんなにヒマじゃない。今日は渡辺と二人、大久保の職安へ次の仕事を探しに行ってたんです」

美鈴は言葉を失い体が固まった。

「僕たちはどんなに頑張っても、あなたのような社畜にはなれない。あ、今日のこのサボり分、得意の減給で構いませんからね」

「さぁて、行こうぜ、遠藤。お仕事しに。では部長。サボっててすみませんでしたね。後で正式に辞表は出します。安心して下さい。いる間はやる事やりますから。あ、有給もちゃんと消化しますけども」

二人は席を立ち会計へ向かった。美鈴はただ立ち尽くす。責任と部下の人生に対する良心の呵責。そして何より信念が行き場を失くし彷徨《ほうこう》している。

「さすが体力あるねぇ」

ハイ！　体力だけが取り柄です！


「さすがスキーで鍛えた足腰は丈夫だねぇ」

ええ、スキーで鍛えられた足腰には自信あります！


「根性あるねぇ」

根性は負けませんよぉ！


「インターハイ優勝とは、いい経験したねぇ」

ええ！　道のりは大変でした！　競技生活は社会に出てもいい糧となっています！

「責任感強いねぇ」

なんか……どうしても責任は果たさなきゃ！　ってなるんですよね！

「スキー業界の星だね、美鈴ちゃんは」

またまたぁ！　上手い事言ってぇ常務はぁ！　本当に星なら今頃ドンドン上がってますよ。まだまだです。ゲレンデが昔のような活気を取り戻すまでは。

「美鈴ちゃん、今月、数字厳しいね〜」

はい、厳しいですが……頑張ります！

「今月も前年より落ちそうかな……？」

すみません。私の努力と指導がまだ足りていないんです。休日も返上してショップ回りしてきます。

「こんな売上では採算合わんし、残業代も出せないよ？」

ええ、おっしゃる通りです。申し訳ございません。結果がすべてですから、残業代なんてなくて結構です。まだまだ努力します。

「何やってるんだ！　高場くん！　ただでさえこんなに売上落ちているのに、部下が二人辞めただと！　仕方ないな、穴を埋める人間が見つかるまで君の責任で君にカバーしてもらわないといかんぞ！」

はい……私の指導不足と管理不行き届きです。誠に申し訳ございません……。

⧗

「え？　今、何て言ったの？」

恒例の正月の帰省スキーツアー。夫は思いがけない場所で考えを美鈴に伝えた。息子の健司は思春期となり、部活や受験勉強も忙しく、昨年からは祖父母の家に同行もしなくなっていた。何より両親といるより、友達と過ごしたがる時期にもなっている。今年は敏幸の故郷、新潟妙高の順番だった。二人は久しぶりに夫婦水入らず、ナイターを楽しみに来ていた。その時、コース頂上へ向かうゴンドラの中での事である。辺りは薄暗くなり始め、ゴンドラの運行時間はそろそろ終わろうかという時間だった。

唐突に敏幸は、今の会社を辞める決意を打ち明けた。六十五歳の定年まではあと八年残している。

「なかなか君には言い出せなかった。実は……うちの会社はエリアマネージャー職も五十五歳で役職定年ってやつなんだ。若返りなんだろな。だから……この二年間は、エリアを駆け回る仕事はしていなかったんだ、実は。オブザーバー的な役割だった。要はウチはね、五十五歳を過ぎたらもっと偉くなっているか、あとはただ居るかなんだよ。君には言い出せなかった。

君と若い頃に語り合った、スキーをまた盛り上げようという理想を失くした訳ではないのさ。けしてね。それを叶える為に、どうしてもそんな肩書きが必要という事でもないからね。

ただ……この春には下りるだろうという異動辞令……正式に内示はあるんだけど、正直色々考えさせられる事があってさ。君にはそれを聞いて欲しいんだ。この機会に思い切って会社は辞め、ずっとやってみたかった事がある」

「ちょっと、冗談じゃないわ。そりゃそんな理想の為にも頑張ってきたよ。でもね、現実に生活もあるでしょう？　健司が社会に出るまでもまだまだ時間とお金が必要よ。それに……敏幸さんが何をしたいのかは知らないけど、スキーをまた盛り上がらせる夢なんて、もうどうでもいいと思ってるんでしょ！　そうとしか思えない！」

美鈴は声を荒げた。敏幸とは離れて暮らす方が多かったが、それでも二人は同じ思いでここまで来たと信じていた。影では……いや、もう今では面と向かってまで「社畜」とまで呼ばれて、それでも自分は理想の為、家族の為に頑張ってきた。

敏幸まで裏切るのか……。

美鈴を支え続けてきた何かがその時崩れ落ち、壊れゆく衝動が全身を襲った。

「おい、そんなにヒステリー起こさなくてもいいだろ？　まずは落ち着いて、僕の言う話も聴いてくれよ」

「ヒステリー？　何よソレ！　あなたは何歳なのよ！　その歳でやりたい事があるって？ふざけないでよ」

それ以来、敏幸も沈黙した。妻が何に傷ついていたのか、よくは知らない。そして今度は自分も傷つく番だった。雪の下僕となって二人、ここまでスキー文化隆盛とブーム復興の為に頑張ってきた……思いは同じだった。

ゴンドラがコース頂上に到着した。敏幸はブーツをビンディングにセットし、滑りだすスタンバイをしている。モタモタ歩む妻を待っていた。

「先に行って……」

美鈴はか細く言った。そんな事を言われても普段なら黙って待つ優しい夫の敏幸だが、この時ばかりは違った。黙って待つ代わりに、黙って滑り降りていった。美鈴を一目、哀しげに睨んで。

美鈴は先に滑りゆく敏幸の背中を見送った後、妙高の黄昏《たそがれ》の景色を眺めようとしばらく留まった。灯が灯り始めた下界の夜景と色鮮やかなナイター照明が、薄い靄《もや》の粒子に妖艶なまでに反射している。夢幻の霧に包まれた、まるで迷路だ。

過去の華やかな時代。自分の思い描いた夢や理想。夫の優しさと、スキーを楽しむ幼き息子の姿。取引先を歩き回り数字を追いかけ続けた社畜生活。すべてが摑もうとすればすり抜ける、霧の中でホログラムの映像を観るように、美鈴の信念は今、迷路の奥深くで立ち止まっているのだ。

霧は一段と深く立ち込めてきた。目の前の霧のスクリーンに投影されたように、人影が浮かんで現れた。見覚えのあるゴーグルにレーシングウェア……三十年前の自分、そしていつかも現れた自問の生霊《いきりょう》だった。

「いいの？」

生霊は問う。

「何が？」

「あなたは本当にこのままでいいの？　と訊いているのよ」

「どういう意味よ」

「敏幸さん、この先で待ってるよ。敏幸さんの話も聴かないで……あなたは本当にこのままでいいの？」

「放っといてよ！」

美鈴は生霊に体当たりするように滑りだした。案の定、美鈴の実体は生霊の幽体をすり抜けた。もう振り返らない。過去の自分も敏幸も。前を向く。ゲレンデが再び活気を取り戻す未来と、自分が憧れた世界へ向かって。

私はジェット機。私が滑り抜けた後には雪煙が噴射するように立ち込めて、その音は遅れて観客の耳に届く。そう、社畜と呼ばれた自分なんて、夫の敏幸なんて、過去なんて……すべて私の滑った跡の雪煙……。

そう、あのレースの感覚が蘇る。自分は今、ジェット機なのだと。

美鈴が痛みと寒さで意識を取り戻した時、辺りは漆黒の暗闇に包まれた森の中だった。転倒の際、外れたスキー板も無音に降り続く雪に埋もれて行方が知れない。

立ち上がろうとしたが、すぐ前のめりに崩れ堕ちた。脚と、どこにぶつけたか肋骨に激痛を感じる。骨折したな……そう認識出来た。コースを外れた事は確かだ。人の気配もまるでない。新雪に顔を半分埋めたまま、美鈴は一人静かに泣いていた。

敏幸さん、健司、私を助けて……。

暗闇に、更なる暗さの闇と無音が幾層にも重なってゆく。

「お受け致します！　ありがとうございました！」

受話器を置いて追加のオーダーが入った事を敏幸に伝える。美鈴の声は、今日も弾んでいた。

「敏幸さん、北海道の平田さんからよ。スペックは一昨年と同じで、デザインは今年のパンフレットから五番の柄で選んでくれたよ」

「そうか。ありがたいな」

敏幸が会社を退社し、ずっとやりたいと考えていた事は「完全オーダーメイド」のカスタムスキーショップだった。

退職金や向島のマンションを売り払った資金を手に、敏幸の故郷の新潟に転居して夫婦二人で開業した。もちろん、夏にはスキーなど売れる筈もないから、ゴルフ用品やキャンプ用品も新品中古問わず販売している。スキーのシーズンオフのメンテナンスもだ。そういうアイテムも扱う中、敏幸が一番力を注ぎ拘《こだわ》りと最大の「売り」としたのが、一貫して先述のカスタム・オーダーメイドスキーである。これまでの夫婦二人が扱ってきた金額と比べたら小さな商いだが、家族三人にスタッフ二名、路頭に迷わず食べてゆくには順調といえる。

オープンして二年。宣伝はすべてインターネットと口コミだけだった。今でこそ、職人を一人正社員にして近所に住む主婦に経理事務を手伝ってもらっている。今では息子の健《けん》司《じ》も職人のスキー板作りの手伝いを行い、親子でカスタムスキーを販売する日も遠くはなさそうだ。

ゲレンデにかつてのバブル時代のような活気は戻ってきてはいない。もちろん、美鈴にとって憧れの「世界」だった、各国のブランド名が並ぶ事もない。

楽しみたい人だけが楽しめればいいではないか、そう考えられるようになった事が美鈴の最大の革命かもしれない。

スキーショップTAKABAのカスタムスキーは評判が評判を呼び、この二年で世界中の玄人から俄《にわ》かに注目される店になっている。今もカナダやヨーロッパから時折オーダーの電話がかかってくるまでとなり、美鈴の「世界」も明らかに変わった。

⧗

二年前、雪山で遭難した時、地元の捜索隊と敏幸に発見され美鈴は一命をとりとめた。あの時ほど敏幸に許しを乞うた時もない。

敏幸はなかなか下りてこない美鈴を探しに、運転時間の終了したゴンドラを再運転させ、視界の悪い中探し回っていた。ゲレンデの管理会社や警察、消防団にも捜索応援を依頼し、悪天候に一時中断するも天候回復した翌朝、弱り切った美鈴の発見に至った。

美鈴は当時薄れゆく意識の中で、「雪の下僕《しもべ》である以上は雪の中で死ぬのも悪くはないか」とボンヤリ考えてもいた。だがまだ使命は果たしていない。死にたくはなかった。生還した時、心から敏幸の愛に感謝した。ただあの時「社畜の美鈴」は死んだ。雪は下僕を救い、社畜を殺した。雪の下僕《しもべ》の二人は再び手を取り合い、新しい道を歩き出していた。

美鈴、五十歳。敏幸、六十歳。

息子の健司が言う。

「お父さん、お母さん。あと十年は頑張りなよ。二人の銀婚式は白銀のゲレンデでやろうじゃないか」


～完～

さざめきと
揺らぎと

「蛍の光」が店内に流れ出した。

閉店直前の処分価格の値札に付け替えられた惣菜に客が群がるのを横目に、加藤莉緒《かとうりお》はカップ麺の段ボールを高く積んだ運搬カートを押し、客と衝突しないよう用心深く通路を歩む。

莉緒のこの日のクローズ作業は、明朝の新聞に折り込まれるチラシ特価品の陳列だ。目当ての棚の前に辿り着くと、手際よく売れ残りの在庫を棚の前面に詰め寄せる。一日違いのロットの賞味期限に大きな差はないが、莉緒の徹底性分は先入先出管理の妥協を拒んだ。開梱した箱から新しい在庫を並べてゆく手さばきも見事な速さである。あっという間に特価品を並べ終えるが、最後の客が退店するまではどうしても値札を変えられない。以前はチンタラと動いていても残業代が付いていたものだが、今の会社方針は残業代削減、加えて時代風潮は「残業代つかぬと言うなら早よ帰れ」の追い風が吹いている。まったく……。こちらは一円でも多く稼ぎたいというのに、一秒でも早く帰れという、なかなか願いと現実がマッチングしない事に日々ジレンマを感じずにはいられなかった。

「加藤さん、お先に失礼します！　お疲れ様でしたぁ」

高校生アルバイトが挨拶をしてきた。間もなくの閉店時間と同時に、家庭の用で早く上がるという。

「はぁい、ご苦労様ぁ。気をつけて帰るのよぉ」

高校生は愛嬌《あいきょう》を振りまき、通りすがりの徘徊客を躱《かわ》しながら立ち去っていった。莉緒は再び陳列する棚と向き合って、自分に喝を注入した。あとは閉店と同時に特価値札に速やかに変えるようにするだけだ。陳列順に手元の値札を並べ直しだす。仕事が速いかどうか、すべてはこの段取りだと自負している。

そこへ、たった今陳列したばかりのカップ麺棚へ手を伸ばす客がいた。スーツを身にまとう男はサラリーマンだろう。買い物カゴには惣菜やパン、納豆にペットボトルの飲料が詰め込まれている。奥さんに仕事帰りに買物を頼まれたのか、それとも独身か。もしかすると単身赴任かもしれない。

人の生活などどうでもいい事と認識しながら、想像を巡らせ続ける自分に一人苦笑した。こんな時いつも「あと数分後には値下げするのにな」と莉緒は思う。明日から値下げとなる物を、今から変更出来る権限はもちろんない。即ち、苛《さいな》まれても仕方ない事だ。だがこのスーパーに足を運ぶ人間の数だけ苦労があり暮らしがある。それぞれに僅か五十円の値引にやりくりする背景があるのだ……と、考えている時間が好きだった。それは店員と客の垣根を越えて、この社会を共生、共闘しているという独りよがりな思い込みに過ぎなかったが。

男が手に取ったカップ麺はまさに明日の特価品の商品だった。莉緒が今日の売れ残り在庫を前に詰め、基準より少し高く積み上げた列だった。手の当たった位置が力点的にまずかったのだろうか、通路にも一つこぼれ落ちてしまった。男は拾う為に姿勢を屈めた。莉緒は詫びようと側へ歩み寄る。

「申し訳ございません。こちらで直しますので……」

落下したカップ麺を受け取ろうとしたその時だった。顔を見上げた男は莉緒を見て、そのまま時間が止まったような表情を見せた。

「あれ……莉緒?……ちゃん……か?」

男がやがて口にした言葉は莉緒の名前だった。咄嗟の事に莉緒の思考は、風に吹かれ宙をさまよう羽根のようだ。

ようやく考えだす余裕が出てきた莉緒は、その男の切れ長の目、それでいて笑い皺の深く刻まれた目尻、遠い昔に聞き覚えのある声に記憶の古い扉を開けた。

「え……もしかして……琢己《たくみ》……さん?」

二十年以上も前に別れた恋人、望月《もちづき》琢己だった。ビジネスマンらしく整えた髪型はもちろん、中年太りする事もなく着こなしたスーツ姿も莉緒の知る琢己とは違う。顔もそれなりに年輪を感じさせるが、たしかによく観察すれば面影は当時のままだ。空白の時を経て、恋人同士だった二人が再会した瞬間だった。

ＢＧＭの「蛍の光」は相変わらず優しくそよぐ様に流れている。二人は驚きと戸惑いを隠せずにただ、「え？　え？　な、何で？」「琢己さんこそどうして？」と狼狽《うろた》えていたが、間もなく閉店のアナウンスが響くとお互いに我に返った。

「あ……清算に行かなきゃだね……。莉緒ちゃん、仕事は何時に上がりなの？」

「えっと……もうこの陳列が終われば帰れるんだけど……すぐに帰って家の事を色々やらなきゃならなくて……」

「そうか、主婦の時間ってやつだね……でもさ、少しくらい話出来ないかな？　立ち話でいいからさ。俺、南側の入り口のすぐ前に車を停めてるんだ。その辺りに立って待ってるよ」

「じゃ……少しくらいなら……」

「オッケー、じゃ、積もる話はその時に！」

琢己は歓喜に似た陽気さを見せ、踵を返してレジへ向かって行った。莉緒はカップ麺を両手に包んだまま、その後ろ姿を見つめていた。

積もる話……積もる話とは何だろう？　閉店時間が過ぎ、莉緒は特価品の値札を換えながらボンヤリと考えていた。自分にたった今起きた動揺を静かに抑えようと努めている。レジスタッフ達は閉店したにも拘わらず、マイペースな買い物を続ける客に苛立ちを覚える時間だ。いつもの莉緒なら脇目も振らずに残務処理に集中していた。

琢己の出現はあまりの唐突さに驚きはしたものの、今は冷静さを取り戻している。運命だ。そう言い聞かせた。

琢己と付き合っていたのは、もうかれこれ二十五年以上前になる。大学時代に東京で暮らしていた頃だ。別れてからの長い時間、それぞれの道の上で積み上げてきた話は、互いの今には関係がない筈ではないか。今更何を話せばいいのか。答えに窮する自問が襲ってくる。急にこんなスーパーで働いている自分を見られ、気恥ずかしさも込み上げている。

そう、自分がこの街で家族と再スタートを切ってここまで来られたのは、自分の過去を知る者が誰もいない新しい土地だったからだ。思いがけない出会い、まして莉緒の過去のすべてを知る琢己との再会は運命、そして脅威以外の何モノでもない。

駐車場では黒いプリウスの隣に琢己が立っているのが見えた。若い頃のキザな琢己には、こんな大衆車に乗るなど予想もしなかった。向こうも莉緒の姿を確認した気配がある。莉緒は一歩一歩近づいてゆくにつれ、緊張を高めた。

「お疲れ様。本当に驚いたよ。まさかこんな茨城の片隅で莉緒に会うなんてさ」

琢己はいつかのように呼び捨てに戻っていた。人懐っこい所は相変わらずだ。ただ心の中では、気安く呼ばれる不快感と懐かしく響く安堵感が複雑に共存していた。

「私もよ。驚いたなぁ……やだな。おばさんになったでしょ？」

「いや、相変わらず綺麗だよ。それに逞しさも身についたようだ」

「やめてよ。そりゃあ、変わるでしょう。いつまでもあの頃のままじゃない」

そうは答えるものの、人知れず莉緒の心は弾んでしまった。琢己に隠し通せたかどうかはわからないが、大人になって落ち着いた女を演じている。

「え？　いつからここに？」

気付けば矢継ぎ早な質問は自分からだった。そうか、積もる話とはこういうものかと一人納得して。

「莉緒こそ。ずっとここに住んでいたのかい？　俺は仕事でこの春から来てるんだよ」

「ちょっと、人目もあるからさ……呼び捨てはやめてくれる？」

「そうか……ごめんよ、馴れ馴れしくする資格ないよな……驚きと懐かしさでつい取り乱したよ」

莉緒は少し言い過ぎたかと胸を痛める。しかし取り乱したというのは嘘だろうな、待っている時間を味方につけ、どうやって平静を装いながら呼び捨てで呼ぼうか考えていた筈である。昔から琢己はそういう男だ。

「私は結婚してからずうっとこの街に住んでるよ。長男は春に大学を卒業して就職したけど、二つ下の次男がまだ大学生よ。家計も火の車。それで私もこうして働いているのよ。琢己さんの仕事は？　たしか有名な証券会社に入ったじゃない？　ほら、なんていったたっけ？」

「ん～……ほら、人生もこれだけ生きてりゃ色々あるさ。あそこはかれこれ十年程前に退社したよ。今は……保険を扱う傍ら、聞いた事ないかな？　ファイナンシャル・プランナーってやつさ」

「へぇ、凄いじゃない。自分でやっているの？」

「いや、違うよ。俺の先輩が立ち上げた会社で拾ってもらって、それで今回、この日立の支所を任されるまでになったんだ。十年やってようやくさ。と言っても、日立と水戸にしか支所がない小さな会社だけど」

「なんか……落ち着いたってゆーか……丸くなった？」

意外なまでに謙虚で紳士的に変わった元恋人に、莉緒はつい本音を漏らした。会わずにいた長い時間は、ここまで人を変えるのか。ならば変わった自分を見せても恐れる事はないか。それは自分自身の警戒心の弛緩でもあった。

「そりゃあ……変わるだろう。いつまでもあの頃のままじゃない」

自分と同じ言葉を返された。優しく、どこか寂しげに声を落としながら。

二十年以上の時の砂が落ち切った砂時計。やがて「突然の再会」の熱がガラスの容器を融かし、サラサラと容器の外へ溢れる砂。それをときめきの風が強く吹き何処かへ運んだ。ガラス容器を支えていた二本の木枠だけがその場に残る。それが自分達だとそんな場面を空想した。

ときめきの感情。生活と仕事に追われる日々の中で、忘れた、失くした振りをしていたそれは、本当は渇望していたのかもしれない。ドラマじみた出来事に浮き立つような、陶酔するような感覚に溺れかけている。

「ご家族は？」

社交辞令的な質問だ。しかしこれは、「お元気ですか？」のどうでもいい答えが返ってくる質問とは違う。本当に気になる質問だった。

「あぁ、何とか元気に暮らしているよ」

そこじゃないだろう、知りたい事は、と莉緒は思う。いるのか、いないのか。いるならどんな奥さんで子供は何人で何歳で……。明確な答えではなく、暗に込めた答えを返す所は昔のままだ。安心に似た気持ちもある事も莉緒は認めるしかなかった。

「いるのね。子供は？　何人？　何年生？」

「中学一年生と小学四年生だよ。上の子は丁度中学からのタイミングだったけど、下の子には転校を経験させてすまなかったな」

「そう。奥さんは？　どんな人なの？」

「ははは、気になるかい？　君には何と答えれば良いのか、答えに困るじゃないか。君なら同じ質問には何て答えるんだい？」

それもそうかと腑に落ちながら、思いがけない素直な反応にも面食らう。琢己の変わった所。変わらない所。

「私は……まぁ幸せよ。上はもう社会人、下は大学があと二年残ってるから、まだまだ私もこんなパートでも頑張らなきゃならないけどね……。ホントに、変な話ね。まさか自分の人生でこんな再会するとは思ってもみなかった。いざとなるとどんな話をすれば良いかわからないものね」

「俺もさ。本当にその通りだね」

二人は見つめ合って笑いがこぼれた。

「いけない、もう帰らなきゃ。お仕事頑張ってね」

夢見心地に過ごしたひと時を惜しみながら、現実に戻らねばならない。仕事モードと主婦モードを切り替えるだけの日常に、久しぶりに一人の「莉緒」モードが割り込んだ。

「あ……待ってくれよ」

車にもたれていた琢己が一歩、前に進んできた。一瞬、鼓動の震えが鼓膜の内壁を叩いた気分になった。

続く言葉を待つ間、莉緒の眼差しは琢己の瞳を貫くようだった。やがて口を開く琢己の緊張する姿は、初めての愛の告白をする純粋な少年のようにも見えた。

「また……また会えるかい？　その……どこかでお茶でも飲みながら今日の続きでも」

心の奥では待っていた言葉であったろう。それを琢己に先に言わせる事が出来て、胸の中に優越感とゆとりが湧いた。私とあんな風に別れておいて、よくそんな事が言えるものだと呆れもしながら。

「保険の勧誘は勘弁してよね」

琢己の得意な「明確な答えを避ける」手口で返し、振り向いて自分の車へ向かった。その背中を琢己の言葉は更に追ってくる。

「あ、待ってくれよ。連絡手段は⁉」

「またこのくらいの時間に、買い物に来てちょうだい」

莉緒の中に『小さな計画』が芽生えた。その為に、これから段取りを練らねばならない。

「仕事の運びは段取りがすべて」莉緒は心の中で呟いた。

⧗

夕食を済ませた食器を下げ、シンクで洗い物をしていた。夫の幸雄《ゆきお》はリモコンを手持ち無沙汰に掌で回しながら、リビングのソファに寝転んでいる。テレビからはバラエティ番組の笑い声が軽やかに、そしていかにもチープに部屋を満たしては蒸発してゆく。ダイニングキッチン越しに見る、いつもと変わらぬ平凡。濡れた手を拭きながら、莉緒は幸雄を座り直させて隣に腰を下ろした。

「そうだ。そういえば翔吾《しょうご》から就活用のリクルートスーツを買わなきゃってラインが来てたぞ」

思い出したように幸雄が報告した。

「そうね。そろそろ必要とは思ってたけど……安物のスーツだなんて見抜かれない良い物買ってあげなきゃ。出費、続くね」

長男の健吾《けんご》に続き、次男の翔吾もいよいよ社会人デビューのカウントダウンだ。漏らした溜息は、我が子の成長の喜びよりも家計を圧迫する現実に対してのウェイトが多いのが本音だ。ここまでの足跡を振り返る事も多くなっている。

長男・健吾の成人式、そして就職し社会へ飛び立った時。息子の人生の節目を繰り返してきたからだと思っていた。そんな時に胸を過ぎる事は、二人の息子が巣立った後、自分達夫婦はどう変わってゆくのだろうという不安だった。そう、不安の方が大きい。

長男の節目の時には「まだ次男がいる」と、そんな問題を先送りするような思いが残されていた。今は「いよいよ」である。

幸雄が手にしていたリモコンを莉緒の横に置き立ち上がった。

「風呂に入る。チャンネル、観たいのに変えていいぞ」

そう言ってバスルームへ向かおうとした時だった。テーブルの上にあった莉緒のスマホがピコンとＬＩＮＥの着信音を鳴らした。画面には「望月琢己」の名前が表示されていた。鼓動がドクンと大きく胸を突き、早鐘を鳴らした。リビングを去り際の幸雄が振り向いてスマホ画面を見下ろす。

「お前のスマホが鳴ったのか？」

「そうよ。店の人ね。シフト交換の話かな？」

莉緒は平静を装ってスマホに手を伸ばした。尋ねられてもいない内容を答える辺りに、自分でも不自然だったかな、などと考えながら。

「そうか。大変だな、お前も」

そう言い残して幸雄はバスルームへ向かった。ふと莉緒の中に焦りがさざめいた。シフト交換など、日頃の幸雄なら大変などと思っているだろうか？　もしかして、最近外で琢己と会っている事を夫は気づいているのではないか？　幸雄の言う「大変だな」は、嘘の弁解を取り繕う事に対する皮肉ではないのか？　考え過ぎだ。そう自分に言い聞かせてメッセージを開いた。

「今、大丈夫？　明日、会えないかな？」

琢己は淡々と重ねるルーティンの隙間に割り込んでくるようになっていた。琢己との再会後、もう何度か外で会っている。携帯番号も交わしＬＩＮＥも繋がった。男女関係の一線を越えてはいない。だから「逢瀬《おうせ》」と呼ぶ程の事ではないのだ。それでも彼と会っている事は、誰にも打ち明ける訳にはいかない。『小さな計画』の為に。自分を正当化する度に小さな矛盾と葛藤もさざめき出した。さざめきの日々が始まった。

割り切っている。そう信じた。新しい恋の予感というものではない。ときめきでもない。別れた男であり、一度生きた時代を取り戻そうとも、お互いの家庭を壊すつもりもけしてない。ではこの関係は何か。

琢己と会っている時、子供達の事、夫の事、子供達の巣立った後の夫婦の事……すべての事から解放されている自分がいる。幸雄の知らない自分を知る琢己。琢己の知らない自分を知る幸雄。過去と現在の調和は保たれている筈だった。恋に恋する乙女などではけしてない。私には過去の自分と決別する為に、もう少しこのままでいる必要がある。『小さな計画』の遂行の為に。

「いいよ。何時？　どこで会う？」

返信した後は、眠れぬ夜が打ち寄せる。

「思い切って聞くよ。俺と会ってる時ってどんな事を考えてるのさ」

琢己の問いは不意だった。ある意味ではごく自然に思える。路地裏の鄙《ひな》びた喫茶店で二人はいつも会っていた。今時のカフェやファミレスでは誰の目に付いて、いらぬ噂を立てられるかもわからない。莉緒の用意周到な性格は、パート仲間のよく行く店などをリサーチし、誰も足を運ばぬようなこの店を選んだ。

琢己は仕事の合間に、莉緒はスーパーへ出かける前にこの時間を作って来ている。「この関係」は莉緒の過去同様、ご多分に漏れず続けなくてはいけない。お互いに相手の立場を気遣ってのつもりでいるが、かえってその事が二人だけの世界に浸っているようにも思える。店へ入る時、二人は間違いなく秘密の扉を開けていた。

「う〜ん……なんだろ？　琢己さんはどうなの？」

会っている時、何を考えているか？「この関係」は何なのか。琢己の問いの本質はそこだ。自分ではわかっているが、本当の事は言えない。過去の自分との透明な会話はずっと続いていた。

スーパーでの再会後、初めて二人でこの店で会った時に遡る。お互いに別れてからの身の上話は十分に語り尽くした。とはいえ、話したがるのはいつも琢己の方だが。

琢己の父親はその昔、事業で成功を収め琢己自身も学生時代は派手な豪遊ぶりを見せていた。いい服や時計に身を包み、学生にしてはいいマンションで一人暮らし。誰もが羨むようなポルシェを乗り回していた。莉緒と付き合っていたのもその頃までだ。互いにそこからの生活は知らない。再会してまずその空白を埋める事が二人の最初の共同作業だった。

琢己は大学を卒業後に証券会社へ入社するものの、程なくバブル経済は崩壊。経営に破綻した父親はその折に自ら命を絶つという道を選んだと知る。莉緒の胸の中を、小さな針がチクリと突いた。バブルという魔物は、すべてを飲み込んでいた。男はどうもこの手の苦労話を語りたくて仕方がないらしい。

後に意識を変え、必死に勉強も仕事にも打ち込んだと言う。元来、根性はあったのだろう。幾度の危機を乗り越え課長にまで昇進したが、リーマンショックではついに挫折した。退職後、畑違いな保険の業界で拾われ現在に至ると言う。琢己が美談のように話せば話す程、今は何故こんな地方の小さな町でこんな仕事をしているのか、弁解したがってるとしか莉緒には思えない。

「琢己さんも苦労してきたのね。道理でハイブリッドの車に乗って、安いカップ麺を買う訳だな」

一通り聴き終えた時、莉緒はそう答えた。フォローを加える事も忘れなかった。

「皮肉じゃないからね。人は変わるものねと賛辞を込めてよ」

「そりゃね。いつまでもあの頃のままじゃない」

「そうよね……」

琢己の弱い言葉に、莉緒も短く頷き返すしかなかった。莉緒の足跡には、取り立てて聴かせるような美談はない。幸雄と結婚し、夫が日立の工場長として赴任。そのままここに根を張る事に決め、海の見えるマンションを購入。二人の子供を授かり、後はひたすら家庭の為、子供の為と平凡ながらも幸せにいたよと打ち明けた。

その後二人は何度、この喫茶店で会ってきた事だろう。琢己がこの問いに到達した事は莉緒の心が鏡に映ったも同じだ。

「君と会っている時、何を考えているか……か。わからないんだ」

「何それ？　答えになってないじゃない。人に訊いておいて、それはずるいよ」

一笑に付した。

「いや、そうじゃない。わからないというのは、今の俺たちの関係を何と説明すればいいのかって事さ。

もちろん元恋人という言葉では片づけられる。例えばこうして会っている所を人に見られて、『二人はどういうご関係？』って訊かれてそう答えられるか？　って事さ。元恋人で、現ナニナニは何て呼べばいいのかなってね」

「そういえば……昔、二人で観た映画を思い出した。男女の間に友情は成立するか？　ってゆうテーマのやつよ。タイトルは……何て言ったかなぁ……可愛らしい女優さんが主演の……」

「『恋人たちの予感』だよ。女優はメグ・ライアン」

琢己は即答した。今も相変わらず映画オタクなのか、単純に記憶力がいいのか。

「よく覚えてるね。内容はうっすらとしか覚えてないけど。あの頃も二人で議論してたね。まさにあの時のテーマが今の私達よ。別れてから親友……って通用するかしらね」

「まして仕事の同志でもないしね。隠れて会っている自覚はある。かと言って不倫にはならないだろ？　寝たわけじゃないからね」

「昔は寝てたけどね」

冗談で言ったつもりが、空気の流れは変わった。琢己は何も言わず、視線だけが莉緒の瞳孔をレーザー照射の様に射抜いている。莉緒は沈黙の中、場繋ぎのようにスマホのカメラレンズを二つ並んだアイスコーヒーのグラスに向けた。

「インスタでもやってるのか?」

「インスタ映えってやつ? 女子は何歳になってもそういうの好きよね」

「それより本題。今の俺達……寝てない事が問題とは思わないか」

琢己に誘惑の言霊を吐かせる事が出来た。女の莉緒からそれを言う訳にはいかない。『撒き餌に喰らいついた』心からそう思った。続いて、琢己の本心を更に引き出す仕上げに取り掛かる。

「何それ? 今更、私と寝たいの? こんなオバさんになった私と」

「いや、君は今も十分魅力的だよ。若い頃より益々いい女になっている」

「奥さんがいるじゃない」

「恥ずかしい話だが、妻とはそういう事はもう何年もない。でも誤解しないでくれ。だからと言って、単に欲望の目で見ている訳じゃない」

「私の中の女はもう眠ってるよ。一人の妻であり母親。あ、スーパーのパートのおばさんって一面もあるね」

「それじゃ尚の事、もう一度女を取り戻してみないか？　体の深い所では俺を覚えてる筈だろ？　思い出してみたいとは思わないかい？」

「馬鹿な事ばかり言ってないで。さ、そろそろ琢己さんも仕事に戻らなきゃいけないでしょ？　私もシフトに入らなきゃ」

「いや、莉緒との時間は惜しまないよ。それどころか……もう一つ提案があるんだ。今のスーパーは辞めて、ウチの営業所で事務員として働かないか？　今のパートよりは稼げるぜ。それに……堂々と会っていけるんじゃないか」

莉緒は黙ったまま話を聴いていた。呆れるくらいにシナリオ通り、いやそれ以上に事が運んでゆく。

「仕事は俺が手取り足取り教えてゆくよ。会社の飲み会とか、社員旅行といえば莉緒が自由な時間も増えるんじゃないか？　あの頃の俺たちってさ、自然に離れたじゃんか。長い人生、こうして再会してあの頃の続きを楽しむってのも悪くはないんじゃないか？」

「いつまでもあの頃のままじゃない……」

そう言って莉緒は手にしていたスマホをバッグへしまい込み、立ち上がった。

「おい、気分を悪くしたのか？　まだコーヒー残ってるぜ」

「ごめん。今日はもう行かなきゃならないの。別に気分を悪くした訳ではないよ」

「考えてくれよ。それと……わかってて欲しい。今の君に対する俺の思いも」

「うん。わかってる……あ、今日は私が払っておくね」

「いいよ、俺も出るから」

「別々に出た方がいいのよ。そういうとこ、神経質でしょ、私」

「そうか……来週は月曜日にでも……また会えるかな？」

「月曜ね。午前十一時にシーサイドロードのパーキングに来られる？」

「珍しいな。外での待ち合わせを莉緒から指定してくるなんて」

「海が見たい気分なのよ」

「オッケーだ。いい返事を期待しているよ」

「返事はその時。じゃ、またね」

莉緒は精算書を持って席を離れた。


琢己と交際していた頃の思い出は、二人でディズニーランドへ行ったり、箱根や鎌倉、八ヶ岳とドライブに出かけたり、食事や映画、ライブに出かけたりと、楽しかった思い出は幾つも湧いてくる。しかし一番脳裏に蘇ってくる記憶は、二人で何度も体を重ねた夜だ。あの頃は当たり前のように琢己の部屋で、当たり前のようにベッドに潜った。琢己が「あの頃」に戻りたいと思う気持ちも、本能では分かり合えているのかもしれない。

そして次に思い出す記憶は別れの場面だ。琢己は「自然に離れた」と言っていた。あれを自然というのか……。

琢己は今も莉緒の背中を見つめているだろう。この立ち去り方は果たして「いい女」を演じられているだろうか。そしてこれから……自分はどこまで悪女になり切れるのか。

晴れていた。清々しい爽風《そうふう》が莉緒の髪を滑り、吹き抜けてゆく。海岸の岩に打ち付ける波音が、さざめく心の中で反響し合い続けている。引いては繰り返し、引いては繰り返す。やがて肺腑に至るまで、緩やかな揺らぎを感じさせる。

揺らいでいる。

琢己と結ばれていた夜を、水平線の彼方に、まるで霞んだモノクロ映画を観るかのように見ていた。我に返ったのは、莉緒が停めた軽自動車の横に静かな排気音で、黒いプリウスが視界に浸入してきた時だった。琢己は車から降りてきて、立ち尽くす莉緒の隣に並ぶ。背徳と情念の激流が、二人を中心に渦を巻き出す。この歳でこんな悪女の気分になるとは……思ってもいなかった。

「いい場所だな、ここは」

「でしょ？　日立に来て、私の一番のお気に入りの場所なの」

「それにしても本当に珍しいな。いつもは人目を避けて会うくせに。君もまさか恋人みたいな気分に浸りたくてここを選んだのか？」

琢己は冗談混じりに言うが、どこか浮かれている。

「まさか。そんなのじゃないよ。でも……感傷的な気分になりたいなら、ここは丁度いい場所なのかも。琢己さんと会うのに今日くらいはいいかなってね、思ったの」

莉緒は冷静で、この上ない程柔らかなトーンでゆっくりと話した。

「ねぇ、覚えてる？　あなたが私を捨てた時の事。私を捨てた理由」

「……思い出させないでくれ。俺も若かったし、お互い傷つけ合ったんだ。莉緒だって思い出したくないんじゃないか？」

昔の傷を忘れようとしていたのは、琢己も同じだったのかもしれない。その思い出を互いに避けていた事はわかっていた筈だった。琢己はその傷すらも、会わなかった二十数年の歳月が溶かし切り、十分に水に流されたとでも信じたかったのだろう。琢己が数々の困難や苦労を乗り越えて、人間的に成長しただろうとアピールし続けた事で、莉緒は見抜いている。滑稽だ。

「ある女の子の話があるの。聴いてくれる？」

「ああ、いいよ」

「その子はね、群馬の田舎から進学で上京したの。東京に対する憧れは強かったし、実際に日本中のあちこちから集まった人との新しい出会いにワクワクしてたんだって」

「何だよ、莉緒と同郷の後輩か？」

「固有名詞は秘密。茶化さないで最後まで聴いてね」

「わかったよ。で？　その子がどうしたのさ？」

「やがて恋に落ちた。都会生まれ都会育ちのお金持ちの男の子。いい服着ていい物も沢山持ってて、ポルシェに乗りながら同じようなセレブなお友達に囲まれてた。凄くモテる子で、最初は憧れているだけ、遠巻きに見ているだけだったって」

琢己は笑いをこらえた。

「何だ。君自身の話か？　ついには俺の登場疑惑だな」

潮風が強く吹き抜けた。莉緒は乱れた髪を抑えて琢己を睨みつけた。

「オッケオッケ。最後までちゃんと聴くよ。でもさ、この風の強さだ。思い出話の続きはどこか、二人だけになれる場所へ移らないか？　な？　わかるだろ？」

意味はわかった。分かったが、今だけは引く訳にはいかない。節操のない男だ。

「お願い。最後まで聴いて。聴いてからでもいいでしょ？　移動するのは」

琢己は溜息を一つこぼしながら承諾した。面倒な女だな。表情とはよくいったものである。そう思っているであろう琢己の感情はその顔に表れている。

「わかったよ」

観念したように、琢己は言った。

「その女の子はね、何とかその彼の目を引きたくて、精一杯の背伸びをしていたみたいよ。お化粧して、ファッションも垢抜けるように心がけて。彼の好きな音楽、映画、その他色んな事も勉強した。ようやく、共通の友人の紹介を経て彼と近付けたの。グループで何度か遊んでいる内に二人だけでも会うようになり……そしてね、正式にお付き合いする事になったんだって。鼻が高かったそうよ。そりゃね……なんせポルシェだものね。お父さんが事業で成功していた人だったからね、親の七光りとの陰口もあったたし、モテ期なその人は絶えず浮気の噂があって心配はしていたようね。でも彼女はやっと摑んだ王子様に捨てられないようにと必死だったみたい」

あれ程戯《おど》けていた琢己も、話に引き込まれだしたようだ。左手は右肘を、右手は顎をつまむ。興味を向けるポーズは変わっていない。

「洋服やアクセサリー、高級なバッグも沢山贈られていたみたい。とにかく彼女は有頂天になってたって。でもね、彼女はずっと気が気でなかった。彼の本命の彼女ではあっても、本命ではない彼女も多かったしね。彼の浮気癖までは直せなかった。彼の取り巻きの友達もみんな、美男美女にお金持ち……比べて自分は田舎のごく中流サラリーマン家庭に生まれてきたというコンプレックスもあったようね。

背伸びに背伸びして、贈り物でなくてもいい物持ってるでしょ？　と見栄を張る為に、夜のアルバイトに手を出したんだって。今風に言えばキャバクラ嬢かな。そこそこの階層のお客さんが来るような銀座のお店」

琢己に一瞬、呆然とする表情が浮かんだ。

「その子は自分でもまぁ容姿も顔も、そこそこに男性受けする自信はあったようね。女子大生という身分は隠してたけど、本職のホステスさん達の仲間に混じる位の人気者にはなったらしいよ。まぁ、女子大生ってのはバレていたろうけど。

水商売って一言に馬鹿には出来ない。顧客管理、顧客満足度なんて言うさ、今でこそビジネスでありふれた事もとても勉強になったというし、何より人間観察でいい経験だったと言ってたよ。銀座って土地柄さ、社長さんクラスから時には著名人も顔を出す事はあったみたいだし。田舎者の女の子は、人間なんて所詮皆同じなんてね、悟ったみたい」

「知らなかった……」

「当然でしょ？　琢己さんの知らないある女の子の話よ。その女の子もね、誰にも……もちろん彼氏にも知られたくなくて、本当に心の許せる親友にしか話した事もなかったみたいだけどね。

そしてね、ある日、その子をあるお客さんが指名してきたの。誰だったと思う？」

「想像出来ないな」

琢己は短く返した。早く続きを聴かせてくれといわんばかりだ。初めての話にすっかり真剣モードになっている。ご静聴に感謝の極み、そう考えながら、莉緒も短くアンサーを返した。

「その彼氏のお父さん」

⧗

琢己の目の色が変わる瞬間を、莉緒は見逃さなかった。

「え?……え?……」と琢己は驚きと困惑で狼狽《うろた》えている。

「いい? 続きを話しても?」

「あ……ああ」

「その女の子はね、お父さんと会うのはその時が初めて。向こうは自分を知らない筈だけど、お父さんは何かのビジネス雑誌に出てるのを読んだ事があったみたいでね、彼女の方はお父さんの事を知っていたの。『うわぁ、気まずいな〜』と思いながら席に付いたらね、お父さんは突然こう言ったんだって。『息子とお付き合いしているみたいだね、お世話になってます』そんな事、突然言われたら心臓バクバクもんよね」

「き……君の店に、ウチの親父が行ってそんな事を言ったって？」

「ちょっと。ある女の子の話だってば。なんで私だって決めつけるのよ。もうココからは黙って聴いてて」

塚己は頷くしかなかった。焦りも感じられた。

わかっているのだ。何度も母親を泣かせてきた父親の性格を。ビジネスも恋も手段を選ばぬ傲慢な鬼畜ぶりを。その上で気になって仕方がないのだ。話の展開が自分の予想を裏切るのか否なのか。

「お父さんはこう言ったそうです。息子はゆくゆく君と結婚したいと言っているよと。それを聞いて彼女は内心喜んだみたいよ。彼と二人でいる時、彼はそんな話をした事はないからね。『え！　本当ですか⁉』とはしゃぐもすぐ、そのアルバイトの恥ずかしさと申し訳なさで居たたまれなくなったって。

でもお父さんはウィスキーをチビチビと飲みながら言うの。案の定よ。『なんでこんな仕事を？』と。『息子が結婚しようとしている娘さんだ。我が家ではどんな方か調査するのは当たり前なんだ。悪く思わないでくれ』なんて事も言ってたって。正直に打ち明けたみたい。お金が欲しい、それで彼に似合う女性になりたい、と。

お父さんにはこう言われたらしいよ。こんな仕事しててはウチには相応しくない。お金が欲しかったら、私を頼りなさい。そしてこのアルバイトの事も息子には黙っててやる。

その代わり、わかるね？　私もビジネスマンだ、ボランティアではない。何の対価を求めているのかは、わかっているね？……みたいな事をね。

それからね、その女の子の奇妙な親子二重恋愛が始まったのは。恋愛……その言い方は正確ではないか。息子とは恋愛、その父親とは愛人契約……その時にね、お父さんとこんな話をしたんだって。よくご家庭内でもバレませんね、ってその子が尋ねたら……『何事も段取りがすべてさ』って」

琢己の顔面は蒼白になっていた。微動だに出来ず立ち尽くしている。

「女の子は、最初は罪悪感とバレた時の恐怖で過ごしていたらしいよ。でも、人間の慣れって怖いよね。いつしか自分も平気で父親と息子と自分の切り替えが出来るようになっていったの。父親とのベッドも素晴らしかったって赤裸々に語ってた。『あいつはまだ若いからガッつくだけだろ？』なんて言っていたらしいよ」

「もう……やめてくれ……」

琢己は力なく言った。

「いや、まだよ。最後まで聴いてくれるって言ったじゃない。その子は父親の関係する会社へも入社し、息子とも結婚し、それからもその二重の顔を持って生きてくんだと信じて疑わなかったみたいなの。でも……ある日、その父親に友人と会って欲しいとね、頼まれてどこかへ連れてゆかれたの。その父親の車でね。場所がどこだったのかはわからない。都内某所ってやつね。あるマンションの一室で……扉を開けると友人というのは三人居たんだって。その子は抵抗したけど無駄だった。次から次へと……その一部始終は撮影され、ビデオは望まない場所で売買され……」

「もう……やめてくれ」

しかし莉緒はやめなかった。

「後はどんな結末か、想像つくでしょう？　その子は彼にもそのビデオの存在がバレたの。彼はキャンパスで他の女の子の肩を抱いて、彼女の前を通り過ぎたんだって。その他の子が『ねぇ、貴方を見てるよ、彼女？　誰か知ってる人？』と言ったら、彼は『さぁな。ピエロだろ』とポツリと言ったみたい」

「頼むよ……やめてくれよ」

「まだあるわ」

「やめてくれ！」

琢己は声と荒ぶる感情の限りに叫んだようだった。しかし激しく岩を波打つ音響に掻き消され、莉緒の耳には虚しさしか届かない。崩れそうな男。それを冷静沈着に見つめている莉緒がいる。波音と潮風……この地の大自然を味方に付けた気分があった。そのスケールと彼の叫びの対比のように。

「その女の子とね、親の七光りの派手な彼氏はキャンパスという閉ざされた社会の中では別れた事になったって。でもね、正式にピリオドの言葉はなかったのよ。せいぜい、ピエロって言う哀れな言葉くらいなのかな。真実はどちらがピエロだったんだろ？　或いはどちらともかもね。その女の子はそれから結婚を機に逃げるように東京を離れて、昔の事は忘れて生きてゆく道を選んだ。だけど運命はちゃんとピリオドを打つように仕向けられているみたい」

荒ぶる風の中、琢己は鬼の形相を見せていた。そんな元恋人に、莉緒は最後の審判を下さねばならない。ポケットからスマホを取り出す。画面を手早くタップし、ボイスレコーダーに録音されていた音声を再生した。

【それより本題。今の俺達……寝てない事が問題とは思わないか？】

スマホから、覚えのある会話が流れた。

「な……なんだよ。あの時の会話か？　いつ録ったんだ⁉」

「え……？　いつって……最初からスマホ出して録ってたじゃない」

「だってあれはインスタだって……」

「あら。私、インスタをやってるなんて、一言でも言ったかな？　たしか……今時の女子はみんな好きねとか何とか……そんな事は話した記憶ある。でも私、インスタはやってないよ」

「それ録ってどうするんだ？　どういうつもりだ⁉」

「琢己さん……私ね、色々と貴方の事、調べたんだ……あらゆるコネを使ったよ。最初の証券会社、リーマンショックの煽りで辞めたなんて嘘でしょ？　本当は部下へのセクハラ疑惑。

茨城出身の先輩が保険代理店の会社やってて拾われた所まではホント。日立支所へ飛ばされて来たのも、実は水戸で女性のお客さんと何か問題起こしたりしなかった？　貴方の

プライドが左遷って言葉を隠したのね
ねぇ、お願い。今日で会うのは終わりにしたいの。スーパーで買い物する事くらいはあるでしょう。そこで私を見かけても素通りして。約束して。約束を守ってくれないなら、この録音は琢己さんの先輩へ渡すから。私は、さっきの女の子の為にピリオドを打たなければならなかったのよ。『あの頃の莉緒』という女の子の為にね」

表情。表情とはよくいったものである。琢己が今どう思っているのか、感情が現れた顔を見れば言葉はなくても手に取るようにわかる。

「貴方はお父さまの血はちゃんと引き継いでたみたいね。女好きの血が。でもね……私は貴方のお父さんに大切な事を教わった。何事もね、何事も段取りがすべて。そして私は……」

莉緒の『小さな計画』は果たされた。

スマホのボイスレコーダーからは会話の続きが流れ続けている。その中の録音された莉緒の声が、その言葉の続きを繋いだ。

【いつまでもあの頃のままじゃない……】

「ただいまぁ」

莉緒が部屋に帰ると既に幸雄が帰宅していた。

テーブルの上にはデリバリーの寿司や刺身、缶ビールが並んでいる。

「あら！　珍しい！　どうしたの⁉　どういう虫の報せ？　貴方が買ってきたの⁉」

するとリビングの物陰から次男の翔吾が姿を現した。

「母さん！」

「翔吾！　あんた帰ってきてたの⁉」

「就活用のスーツをオーダーで作ってやるって父さんが。これから内定決まるまではなかなか帰省も出来ないだろうしさ。今の内に、一度帰っておこうかなって」

「あらまぁ、元気そうで！　貴方知ってたら何で教えてくれなかったの？　それにまるでコレは内定決まったかのようなお祭りじゃない！」

興奮する妻に幸雄は優しい笑顔を向けて言った。

「お帰り。色んな意味でだよ。今日の祝いはお前だ」

莉緒は怪訝な顔を夫にしてみせた。

「色んな意味？　翔吾じゃなくて？」

「内定の祝いは本当に決まった時に健吾も呼んで家族四人でやろう。今日は過去から解放されたお前の祝いだ」

「え？　父さん、母さんに何かあったのかい？」

戦慄の一言に莉緒は驚きはしなかった。その代わりに、涙が一筋、流れ落ちてゆく。だがそれは、夫の寛容さへなのか、夫への畏怖なのか。

「お帰り。莉緒」

「何の事かサッパリわかんないけど、お帰り、母さん」


～完～

第二次世界大戦終戦七十五周年記念作品

第一章

「ともちゃん！　またホラ！　浜茄子ばっか見でんでねぇの！　行くよ！　学校遅れちゃうよ！」

六月ともなると浜辺へなだらかに続くその草原は、浜茄子の花で一面埋め尽くされた。毎朝、そのほとりの道を私達姉妹は通学で歩いた。だがその季節、幼かった私は何故かその浜茄子の花に惹かれ、登校時も帰宅時も道草をした。帰り道ならまだ良かったろう。朝の登校時、姉の浩子《ひろこ》はどれほど気を揉んだ事か。

しかし私は時が経つのも忘れて、咲き誇る浜茄子の花畑の中にいた。花を摘むでもないし、特に何かをする訳でもない。ただ立ち尽くし、潮風が運ぶ芳潤な香りをすっていた。

そして先を行く姉の背が五十メートルも先に離れると、ようやく駆け出して後を追った。

「待ってぇ！　ひろちゃぁん！」

⧗

母が還暦の年に「自叙伝を書く」と言い出し、書きかけの原稿はここで止まったままだ。二十五年前の話だ。

「待って、ひろちゃん？」……まったく。待っているのはこちらだ。これでは何の変哲もない、子供のただの朝の通学場面の一コマではないか。だけど私は待っている。「待って、ひろちゃん」と言った母のその続きを。

母、朋子《ともこ》。彼女が還暦を迎えたあの年は忘れもしない一九九五年。二つの大きなニュースによる衝撃が日本を駆け巡った。

阪神淡路大震災と地下鉄サリン事件。昔から活発な母はこの時、自分の中で何かスイッチが入ったらしく「自叙伝を書く」に至った訳だけれど、書きだす前にあれだけ周囲に吹聴したのにもかかわらず、蓋を開ければこれだ。

「人生、早いし儚《はかな》いのよ。こうして不条理に幕を下ろす事もあるの。だから一瞬一瞬、やりたい事を一生懸命やらなきゃ。もっと生きたかったのに不条理に犠牲になった人の分までね。それを私は自叙伝で伝えてゆくのよ」

そのニュースを見てそう言っていた。言っていたのに筆はそこで止まったまま。それが母、六十歳の還暦を迎えた一九九五年だった。


母は若い時に、今は亡き父と小さな自動車整備工場を興し、父が病死した後も多角的に事業を女ながら精力的に展開してきた。好奇心が湧いた事は何でも手を出し、言いだした事は何事も実現してきた。逞《たくま》しかった。子供の頃から私は、挑戦意欲を持ち合わせ、けして絶やす事のないそんな母を頼もしく見てきた。

後で知る事だが、町で目をかけた若者にやりたい事があれば、とにかく支援したくなる性分だったらしい。昔から口癖は「人生は早くて儚い。やりたい事をやれ。その為に応援が必要なら私は出来る限りの応援をする」。そのせいでバブルの頃に保証人になった若者の失敗で、危ない橋を渡った事もある。あの時は頼もしさを通り越し、母への怒り、呆れ、恐怖で私は満たされていた。

そう、あれはさらに遡る事一九九〇年。当時私は二十五歳、母は五十五歳の計算だ。若くして結婚に失敗し実家へ出戻った私を迎え入れるも、家に借金の取立てが押し寄せた時は寝耳に水。とても怯えた記憶がある。娘の私を風俗で働かせろ、と極道映画に出る獣のような男たちの威嚇。さすがにあの時は母を恨む思いが湧いた（今となっては過ぎた事だが）。

あの難を救ってくれたのは、母より十二歳年上の伯母の美恵子《みえこ》おばさんだった。私も母も「みえちゃん」と呼んでいる。母にとっても干支一回り分も歳が離れた姉となると、町の若者が母を慕うようにそんな存在同様の「先輩」に思えたのかもしれない。「いいコンビの姉妹」私はそう思って見ていた。

みえちゃんは当時、国内でも数少ない和裁の専門学校を経営しており、たびたびメディアに取り上げられる事もあった。いわゆる「人生を成功させた」と呼ぶにふさわしい、そんな部類の人種に私の目には映っていた。少なくとも借金を背負った母の肩代わりが出来る程、裕福な資産を持っていた事は明白なのだから。

その返済問題が片付いた後に三人で一度だけ、母の保証人問題について一族会議を開いた。まだ学生気分の抜け切れていない未熟な私を交えて。あの場面の印象はやけに強く残っている。

「ともちゃん、もうこれに懲りて他人の保証人なんか安請け合いするのはやめてね。美樹《みき》ちゃん（私）に怖い思いをさせちゃダメじゃない」

家に訪問したみえちゃんをリビングのソファへ通すと、みえちゃんは腰を下ろし開口一番にそう言った。私はお茶を運んでみえちゃんに差し出す。母はキッチンで茶菓子の用意をしながら言った。

「はいはい、次から気をつけますよぉ」

能天気に言う母のその声を聞いて、私は不意に涙が溢れ、そして切れた。

「お母さん！……次って何よ！　また誰かの保証人やるって訳⁉」

泣き崩れた。そして暫く沈黙が包んだ。みえちゃんがそっと寄り添って、私の頭を優しく撫でてくれた。母はキッチンで立ち尽くしたまま、私とみえちゃんのその様子を見つめていたのだと思う。そして一言。

「ごめんね、美樹」

母はそう言った。私はひとしきり泣いた後、みえちゃんの手前気恥ずかしさが湧いてきて、二人に「取り乱してごめん」と謝った。みえちゃんは落ち着いたまま、私に言った。

「いいのよ。美樹ちゃん。怖かったよね。よく頑張ったね。あなたのお母さんにも、貴方に二度とこんな思いをさせないように約束させるからね」

「ええ、約束するわ。美樹。ごめんなさい」

母も深く反省していたようではあった。一つだけ、私は腑に落ちなかった事を二人に尋ねた。

「お母さん……みえちゃん……二人は……二人は怖くないの？　何で平気なの？」

母が何か言おうとするのを遮って、みえちゃんが代わりに答えた。

「美樹ちゃん……私達姉妹はね、『恐怖』の感覚が欠落しているのかもしれない……怖いものがないのよ」

私は涙を拭いていた手を止め、みえちゃんの瞳を射るように見た。もちろん、驚きで。みえちゃんの眼力はいつも「経営者の目」そんなイメージだ。しかしその時覗き込んだみえちゃんの瞳は、哀しげでどこか凍てつくようでもあった。続けて母へと向き直す。母も同じ目をしていた。私は言葉を失った。二人が弱い私を哀れんでいるように見えたからだ。

そしてこの二人には、私も知らない、恐怖の感覚を欠落させる過去があるのか。

母はビジネスに意欲的な若者を支援する。みえちゃんはその若者を支える母を救いもする。それに比べて私は「平凡」を絵に描いたような道を選んだ。卑屈になっていただけかもしれない。二人の強さを嫉妬していただけかもしれない。

「部屋で休む」その時私はそう言って、リビングから立ち去った。


時は移ろいでゆく。日本はバブルが崩壊したものの、母は持ち前の手腕で幾つもの大きな仕事をやり遂げていった。同じような過ちを繰り返しはしなかった。そうして例の一九九五年。それだけにこの執筆の頓挫は意外だった。執筆など畑違い。確かに母にとっては初めての挑戦だったが、それでも「どうせまた、やってのけるのだろう」と心では思っていた。

あれから四半世紀。その冒頭だけで止まった原稿は、同居する母の部屋のアルバムの棚で忘れ去られたように保管されている。母は八十五歳と高齢にもかかわらず、認知症の気配もなく背筋も伸ばして歩き、話せば滑舌もよく老人らしさの欠片《かけら》もない。だからこそ、私はつい「まだ時間はある」と甘えているのかもしれない。母が書く自叙伝の続きを。

何の変哲もない、子供の朝の登校の一幕……。

いや違う。変哲はあるのだ。

「待って！　ひろちゃ～ん！」

【お母さん、姉の浩子「ひろちゃん」って誰ですか？】

長年、心に留まっている疑問符。聴いた事もない、みえちゃん以外の伯母の名。何度、尋ねようとした事か（一度だけ執筆ははかどっているかと尋ねた事はある。後述）。躊躇《ためら》っていた。そして待つ事にした。母の口からそれを聴かされる事を……またはその自叙伝の完成を待つ事にした。私から尋ねる事は憚られる気がしていた。

だが、残されている時間は案外少ないのかもしれない。

私には今年、二十六歳になる息子・永介《えいすけ》がいる。母の還暦の前年の一九九四年、再婚で結ばれた相手との間に授かった。名付けの由来は何という事はない。彼が好きだったロック・スターと私の好きだったビジュアルバンドのボーカル。二人のミュージシャンの名前から一文字ずつ頂いただけである。

その結婚生活も長くは続かず再び母を頼って実家へ戻る訳だが、永介を産んだあの時から息子が私にとっての生き甲斐となる。私はショッピングセンターにテナントとして入るアパレルショップで働き続け、店長まで登り詰めた。永介を大学まで卒業させる事も出来て、彼は現在、出版社に勤務している。同居の母に助けられながらではあるが、息子の自立は感無量の思いとなり、ガムシャラだったと我ながら振り返る。後は肝心の息子に恋人でも出来て、実家から巣立つだけかと思っている今だけれど（都内では珍しい三世帯同居だ）。

そんな私の生きる力の源・永介がまだ一歳の頃だ。母が「自叙伝を書く」と言い出したのは。時系列を混乱させて恐縮だが、そういう事だ。
書き出した数行。私にとって謎の伯母「ひろちゃん」浩子の存在を知る。みえちゃんと間違えていやしないか？　そんな疑問もあった。文章をよく読めば一緒に小学校に通学している描写だ。みえちゃんは十二歳年上。一緒に小学校に通う事はあり得ない。ますます謎だった。当時の私は子育てにキャパを占められ、訊き出す事も忘れていた。だが確実に「浩子」その名前は心に棲みついた。いつか訊けばいいか。そのうち訊けるだろう。そう軽く考えていた。

実際に一度尋ねた事はある。謎の姉（私からすれば伯母）・浩子とは誰？　という尋ね方ではなく、「執筆の続きははかどっているの？」と。はかどっているならあの先に詳細が記されているかもしれない。尋ねた日の事も憶えている。母が原稿をそこまで書いてペンを止め、執筆を放置してみえちゃんと北海道へ旅行に行った事がある。あれはやはり同じ一九九五年、八月で盆は過ぎていた。その旅行から帰ってきたタイミングだった。私も少し子育てに余裕が芽生え、好奇心に駆られていたと思う。そんな変化球的な質問で尋ねたのだった。

しかし旅行後の母の様子は変わった。期待に応えるような返事もなかった。

「その事はもう訊かないで。いつか……きっといつか書くから」

母は俯きながらそう言い、以来、私は母に執筆の事を訊かなくなった。原稿は長く封印される事になる。あの北海道へ二人で出かけた旅行で何かあったのか。間違いなくあの旅行が分岐点だった。

ちなみに母には六歳年上の「利夫《としお》」という兄（私にとっては伯父）もいた。優しい伯父だった。子供の頃、とても可愛がってもらった記憶がある。利夫おじさんは私が中学生の頃に交通事故で亡くなっている。祖父母は既に他界。父を亡くし、伯父も亡くし、四年前の二〇一六年にはみえちゃんも安らかに旅立った。九十五歳だった。

今、私が血縁関係のある身内は母と息子だけだ。

そうか。この期に及んで私はまだいつか来るその時……母と別れるその時を永遠に来ないと思っている。繰り返し自分に言い聞かせる。私はつい「まだ時間はある」と甘えている。母が自叙伝の続きを書く事を。残された時間は案外どころの話ではない。少ないのだ。母にまで「浩子」の秘密を墓場へ持ってゆかせるのか。現在、二〇二〇年。今また、母のあの時の言葉が記憶の波打ち際に押し寄せる。

「人生、早いし儚いのよ。こうして不条理に幕を下ろす事もあるの。だから一瞬一瞬、やりたい事を一生懸命やらなきゃ。もっと生きたかったのに、不条理に犠牲になった人の分までね」

ふとその不条理を気づかされる出来事が、世界でまた起きている。ウィルスという敵に姿を変えて。

第二章

不条理はまた起きている、ふとそれを気づかされる出来事。「また」という事は初めてではないという事。私が生きた時代でそんな不条理を見たのは四度程ある。

一度目が無論、母がその言葉を言った一九九五年。先にも述べた地下鉄サリン事件。阪神淡路大震災。それから六年の歳月が過ぎ二度目は二〇〇一年の同時多発テロ。ニューヨークのワールドトレードセンターに航空機が突っ込んだ。三度目は二〇一一年。東日本大震災が起きた。永介にＹｏｕＴｕｂｅで多くの家屋や自動車が獰猛な大津波に流される映像を見せられた。また、福島第一原発事故も起き、毎日報道番組に流れる映像に目を見張った。多くの命が犠牲になった事、多くの住民が今までの暮らしを失った事、毎日憂鬱に心を痛めていた。

今、リビングでゆっくりとコーヒーを飲みながら、テレビで報道番組を観ている。世界が「新型コロナウィルス」のパンデミックにより、人の健康と命の危機、それによる経済危機に覆われている。連日この報道。これが「四度目」の有事だ。

私のアパレルショップは休業に追い込まれ、自宅待機で時間を持て余している。外出自粛要請も出ている中、近所のスーパーやドラッグストアに最低限の買い物でしか出かけていない。そして出版社に勤める息子・永介も、三世代同居のこの自宅でリモートワークをしている。

有名なタレントや女優が、新型コロナウィルスによる肺炎で相次いで亡くなる。そのニュースは明らかに日本の空気を変えた。その故人の家族や肉親は最期を看取らせてもらう事もできず、火葬に直行され遺骨となってから対面していた。その悔し泣きする姿に、母の言っていた不条理さを思い出す。私もつくづく「普通の人間」だ。これら「世間での出来事」でしかそれを感じる事が出来ず、また、いつか風化させて忘れてゆくのだから。

「人生、早いし儚いのよ。こうして不条理に幕を下ろす事もあるの。だから一瞬一瞬、やりたい事を一生懸命やらなきゃ。もっと生きたかったのに、不条理に犠牲になった人の分までね」

母の言葉のリフレインは止まない。

母にすれば、兄（私の伯父）を交通事故で失っている事もそう考えるキッカケだったかもしれない。私にとってもそれは身近な「死」の筈だけれど、私はあまりにも幼な過ぎた。当然だが人生に何度も苦難は訪れる。それを「乗り越える」の連続が生きる事だと、生前のみえちゃんが私に聴かせてくれた。その言葉の意味がよくわかる程に、私も時間を重ねて生きてはいる。ふと気づけば、私も誕生日を迎えれば五十五歳。あの借金の取立てに迫られた頃の母の年齢になっていた。みえちゃんが言っていた。

「美樹ちゃん……私達姉妹にはね、『恐怖』の感覚が欠落してるのかもしれない……怖いものがないのよ」

私は違う……あの頃と変わらない。怖い。怖がり屋の自分がまた覚醒している。このまま仕事もなくなるかもしれない……その恐怖だ。そもそもアパレル業界は本当に厳しい断崖に立たされていた。ネット通販やメルカリなどのC to C（ユーザーとユーザーの直接売買）の脅威もさることながら、自分達の若い頃と比べて今の若者の購買意欲が低い事を肌で感じている

永介が二階から降りてきて、リビングへ入ってきた。

「母さん、僕にもコーヒーをいれてくれる？」

「あら、おはよう。テレワークの方はどうなの？」

「あぁ……そりゃ最初はさ、行きも帰りも『通勤』がないって事がどれだけストレスがないか、こりゃいいや！　とも思ったけど、こうも毎日家の中に缶詰だと気が滅入るね」

「そうなのね。母さんは店舗販売しかした事ないから、テレワークなんてしたくても出来ないけど、やっている人にはやっている人の大変さがあるのね」

「そうだよ。中には好き勝手に過ごす奴もいるだろうしさ、自己管理する奴の成果だけが

モノいうね。それにね、今までの無駄な仕事が省けるトコも出てきた。その分、八時間労働も短縮してくれないかって思うんだけどね。テレワークっていってもね、やはり精彩を欠く事あるよ」

「へぇ、そうなの。母さんには難しい事はわからないけど、まぁ前代未聞の事態よね」

コーヒーを注いだカップを永介に渡した。

「それで？　今はどんな仕事があるの？」

「それがさ……記事を急遽ね、社内でピンチヒッターで書く事になったんだよ。てか、何人かの候補のうちの一人だけど。今度こそ俺の記事デビューになるといいよな。予定してたライターさんに新型コロナの感染が確認されてさ。その後の症状はまだ聞いてないけど、とにかく油断出来ないね……。ま、そういう訳で俺は記事の執筆、進めなきゃならないんだよ」

「そう……その人、心配ね。そんな事であんたの文章が世に出ても素直に喜べないじゃない」

「喜べって」

自分達の在宅時間が長くなり、家族でお互いの会話の密度も濃くなっている事を実感はするけれど、私の周囲で感染者の情報はなかった分、世界で起きているこの状況をどこか遠くの出来事のように捉えていた。また、身が引き締まる思いになる。それにしても永介までが「記事を書く」という『執筆』に関わる話で、尚の事母のまったく未完成の自叙伝を連想した。私は永介に続けた。

「どんな記事なの？」

永介はコーヒーを啜りながら答えた。

「それがさ……東京オリンピック、延期になったじゃん？　あんだけ盛り上げておいて、急に奈落の底だよね。まぁ、仕方ないけどさ。そのライターさん、『延期にされたアスリート達の今の心境を語る』的な記事を書く筈だったんだけど、そんな状況になってさ。取材も出来ねーじゃん。かといってさ、俺が同じ事やろうとしても、アスリート達との連絡とかさ、個人情報保護とかで手間かかるのよ。だから振られたお題はとにかく何でもいいから『東京オリンピック』の事だってよ。まったく……具体的に言ってくれっつーの」

そういえば……東京オリンピックの話題もすっかり影を潜めていた。来年へ延期と決まった今となっては、来年でさえどうなるか怪しい気配も感じるが。確かに世界中には、この栄光の舞台に懸けてきた人達もいるだろう。それを忘れさせない為になのか。永介の仕事が少し誇りに思えた。ボツにならないようにと祈りながら。

「ばぁちゃん、部屋で何してるかな?」

「さぁねぇ。何してるのかしらねぇ……でも、どうして?」

母も流石に今は、自分が高齢である自覚からか外出しなかった。元々、ジッとしている事は無理な性格なので、昔の母なら考えられない事だったが。部屋に篭っている時間が長かったので、寝ているか、永介が教えたネットの動画配信で昔の映画を観ているか……なのだろう。そう思っていた。

「よく考えたら、ばぁちゃん、前の東京オリンピックの日本を知ってるんだよね。だからさ、外出もままならないし、ばぁちゃんに取材しようかと思って。ホント、こんな時ってばぁちゃん、ボケてなくて良かったって思うよ」

私も興味が湧いた。母が自叙伝で書きだした原稿は、更に昔の小学校時代の頃だ。前回の東京オリンピックがそこまでの昔ではないにせよ、母の過去を遡る事には変わらない。これを機に、母が「ひろちゃん」についても何か語り始めてくれるかもしれない。


母の言葉が再びリフレイン。

「人生、早いし儚いのよ。こうして不条理に幕を下ろす事もあるの。だから一瞬一瞬、やりたい事を一生懸命やらなきゃ。もっと生きたかったのに、不条理に犠牲になった人の分までね」

私が今までやりたい事をやってきたかどうか？　と問われたら、そうだったと信じたい。そして新たな不条理は、過去の惨事ではない。風化どころか現在進行形の真っ只中にいる。人生は早く儚い。今は元気とはいえ、母に……私や永介にでさえも、その不条理な死はいつ訪れるかわからない。借金の取立てと対峙した母の五十五歳と比べたら、私の五十五歳が何と受け身な事かと思えてきた。今からでも人生で何か一つくらいは、小さくてもいいから冒険したい。よく考えれば滑稽《こっけい》な理由だが、平凡に生きてき過ぎた反動だろうか。

【母の「パンドラの箱」を開ける】

たかがそれしきの冒険。それでも私はチャレンジしたい衝動に駆られた。

「永介！　よし！　おばあちゃんをリビングへ連れてくる。一緒に話を聴こう！」

「うん、助かるよ。取材は手短でいいんだけどさ。締め切りもあるから」

永介がそういった後、私は母を連れ出しに彼女の部屋へ向かった。私は今までになく積極的で能動的で、いよいよ「その時が来た」とばかりに、ワクワクしていた。永介との会話で、背中を押されたようにも思う。永介にも感謝だ。

リビングへ来た母はその過去を語り出した。結論からいえばパンドラの箱を開く事には成功した。そしてそれを聴き終えて、絶句している私と永介がいた。それまでのワクワクとは裏腹に、あまりに重く悲しい話だったからだ。


母の部屋の扉をノックした。

「お母さん、いい？　入るよ？」

「はいよ」

返事を確認すると同時に私は扉を開けた。気がはやっていた。母はパソコンのディスプレイを睨んで、キーボードを打っていた。母は現役を十五年前まで続けていたけれど、その経営者人生のどこかで自らエクセルやワードの使い方を覚えハマっていた。特に数値管理は大好きだった。根っから経営を趣味とした男でも勝てないような女性《ひと》だった。使えるアプリケーションはそう多くはないはず。永介からＹｏｕＴｕｂｅの操作を教わり、昔好きだった時代劇やバラエティの番組を観て過ごしもする。それにしても齢《よわい》八十五にしてここまで使いこなすのは本当に感心する。

「今日は何をやっているの？」

「ん～……何でもいいでしょ、はい、ポン！」

母はそう言いながら顎を踏んでエンターキーを押した。椅子を回転させて私に向く。顎を引いて老眼鏡の隙間から上目遣いに見つめる仕草は、いつもの事だけど少しだけイラッとする。でも今日は口角を緩めて感情を抑えた。

いつもは私も部屋の入口で「お母さん、食事よ」と知らせる程度だったけれど、今日は久しぶりに部屋の奥まで足を踏み入れた。素直な気持ちになっている。晩年の母がパソコンで一体何を打ち込んでいるのか？　そのくらい知ってもいいだろうと考えている。そう、不条理な死は誰にでもいつ訪れるかわからないのだから。

私も五十路を越えて独り身、そんな娘と高齢の母親。さすがにいつも一緒にいると衝突もしばしばだけれど、思えばこの年齢まで介護の手もかからない程に元気でいてくれる事は感謝すべきかもしれない。ディスプレイを覗き込んだ。母は腕で「見ないでよ」と塞いだけれど、すべて覆い隠せる筈もない。隙間から見えたその色彩は明らかにブログのトップページだ。

「いいじゃない。見せてよ」

私は母のその手を解いて画面を剥き出しにした。

【やまね雨】

タイトルはそう書いてある。私は心の底から驚いた。

「お母さん、ブログやっているの？　ってゆーか、ブログなんて使えたの？」

「あ～あ、あんたに見られちゃった。そうよ、悪い？」

「悪くはないけど……ちょっと驚いただけ。お母さんはせいぜいメールにワードやエクセル、それとＹｏｕＴｕｂｅくらいしか使えないだろうと思ってたから……それより、何よ、そのタイトル」

「あ……これね。『やまねぇ雨』って打ちたかったんだけど、その小さな『ぇ』の打ち方がわからなくてね」

そこで私も「やまない雨」の意味と知る。その表現が何故「やまない」ではなく「やまねぇ」と男勝りな表現なのか疑問も生じたけれど、とりあえず「L」と「E」で小さな「ぇ」を打つのだと教えてあげた。

「あら、本当だ、もっと早く教われば良かったねぇ。でもね、私達の子供の頃の訛りでは、『やまねぇ』じゃなくて『やまね』の方が合っている気もしてね。このままにしといたのさ」

子供時代の訛り……それは母だけでなく、亡くなったみえちゃんも利夫伯父さんも、そして謎の「ひろちゃん」もそうだったのだろうか？　母は北海道出身だ。どんなイントネーションだったのだろう。もしかするとその過去の事も書いてあるかもしれない。私は中身を読ませてくれとせがんだ。母はまだ添削を繰り返している、恥ずかしいから嫌だ嫌だ、と子供のように拒んだ。そして話題を変えた。

「それより何だい、用事は？　ないなら邪魔しないどくれよ」

「あぁ、そうそう。永介とね、今リビングでお茶してたんだけど、お母さんの話を聴きたいんだって。なんでも雑誌の記事を書くに当たってのね」

「私の話？　あの子が？　何だろね。新型コロナ感染の件で高齢者の声を聞くとでも言うのかい？」

「違うわよ。お母さんが最近は珍しく外出もしないで居てさ、感染なんてしない事ぐらいわかってるわよ。なんでもね、東京オリンピックの事だって」

「東京オリンピック？　以前のかい？　やれやれ……孫の頼みともなると断れないねぇ」

母はそう言って立ち上がり、一緒にリビングへ向かった。私は心の中で「やまね雨……後で検索してやろう」と思っていた事は言うまでもない。


リビングに二人で入ると、永介は湯を沸かし日本茶を用意していた。

「ばぁちゃんはコーヒーよりコッチの方がいいでしょ？」

「おぉ、永介。気が利くねぇ。ありがとさん」

永介が急須で湯呑みに茶を注ぐ仕草も、慣れたものだと感心した。母はソファに深く腰をかけた。

「こうして三世代全員揃うのって……珍しくない？　これもステイホームならではの事だよね。まぁもっとも……地方と違ってこの辺りでは三世代で住んでいる家自体が超レアだろけど」

永介がおどけるように言った。

「何だい？　三世代で住むのをスターホームって言うのかい？」

母の質問に、私と永介は大ウケした。こんな団欒《だんらん》も何年ぶりだろうか。

「違うよ、ばぁちゃん。ステイホーム！　耳、遠くなってきたかな？『自宅に居て』って意味さ。ニュースでやってるよ。この非常事態宣言を受けて、都知事が言ってるのがね」

「あぁ、ステイホームか。最近、ＦａｃｅＢｏｏｋでプロフィール画像にその文字付けている人、よく見かけるねぇ」

私が驚くのはこれで二度目だ。母はブログだけでなくＳＮＳもやっている？　いつの間に？

「お母さん、ＦａｃｅＢｏｏｋもやっているの？　やり方わかるの？」

尋ねる私もいささか焦燥気味だ。それについて答えたのは永介だった。母はお茶を啜り出していた。

「母さん、俺がばぁちゃんに教えたんだ。あまり複雑な機能は教えてないけど、凄いよ。ばぁちゃんは普通に問題なく使いこなしてる。まだまだ長生きするよ！」

湯呑みを茶托に置き、母は鼻唄まじりで歌った。一九八〇年代にＮＨＫで流れていた、コンピューターを使いこなすおばあちゃんの曲のフレーズだ。私の脳裏にも当時の事がまざまざと蘇ってくる。

やはり老いても母は母だ。私の知らない所でも好奇心に向かって挑む姿勢は、微塵《みじん》も変わっていない。というか……私だけが母の事を何もわかっていないようで、情けなく思えてならなかった。永介の方がよほど母と触れ合っていたのか。

「ビックリした。なんか……私ばかりお母さんの事、何もわかってないみたいでごめんね。永介がそんなに色々とおばぁちゃんをサポートしてくれていた事も」

「いいんだよ、美樹。お前は今までも仕事の帰りも遅かったし、サービス業だからね。土日も休みなく頑張っていたじゃないか。仕方ないんだよ。それに永介がおばあちゃん思いの優しい孫で助かったよ。この老いぼれも、人生最後の総仕上げを楽しく進められる」

「何、馬鹿な事言ってるの、ばぁちゃん。さっきも言ったけど、ばぁちゃんは間違いなく長生きするよ。ブログもSNSもYouTubeも、自由自在のスーパーばぁちゃんだ」

祖母と孫の微笑ましい絆紡ぎは続いている。私一人が疎外感もあったけれど、母がそう言ってくれた事で少しは救われた気持ちでいる。

「それにしても……あんたら現役も大変だねぇ。この状態はね、相当にまずいねぇ……」

母は徐《おもむろ》に情勢を憂う話をし始めた。一度、白内障を患ったその眼球は、昔ほどの輝きを保ってはいない。でも憶えている。ビジネスをしている時の母の目は、いつも好奇心剥き出しのワクワクな輝きと、野獣が獲物をハントする時のような力のある輝きが共存していた。

「何だい？　ばあちゃん。やはり隠居しても経営者ＯＢとして、今の世の中に何か言いたい事はあるかい？」

「言いたい事といってもね……これればかりは誰にも不可抗力だよ。どうしようもないね。どうしようもないけど……世界は変わってしまうんだろね。まぁ、その頃には私は生きているかどうか怪しいもんだけどね」

「ははは！　また始まった！　母さん！　母さんも何か言ってやりなよ！　ばぁちゃんは絶対に長生きする！」

二人の会話を黙って聞いていたけれど、永介の急な無茶振りで言葉に詰まる自分がいた。不条理な死は、いつ誰に降ってくるかはわからない。そしておそらく母に残された時間は少ない。だから今の内に語り継ぐべき事は引き出しておこう……その考えで母をリビングへ連れ出してきたのに、「母は絶対に長生きする！」という矛盾の交錯が滑稽だった。

私は母に短く尋ねた。

「お母さんの目からして、例えばどんな風にまずいと思うの？」

「まず、永介みたいに多くの会社が自宅勤務なんだろ？　満員電車通勤のストレスから解放された人たちはコロナが落ち着いても元には戻らないよ。会社も交通費支給をしなくて済むしね。オフィス街ではＯＬさんのランチをあてにしている飲食店はキツくなるだろうし、大体スーツとか着て通勤していた人達はもう何着もスーツが要らない訳だろ。紳士服屋さんもキツいね。終いにゃオフィスも要らなくなるんじゃないか？　会議もオンラインでいいんじゃないか？　となる。不動産屋さんも困るだろうね」

ありそうな話に私と永介は舌を巻いた。永介は興奮してスマホを取り出した。

「凄い！　ばぁちゃん！　さすが元バリバリ経営者！　なんか予言者みたい！　的確だよ！　ちょっとさ……実は俺、記事書かなきゃならなくてさ……それでばぁちゃんの話を聴きたかったんだけど……」

永介は話しながら、スマホのレコーダーアプリを操作していた。

「ところで本題は……何か、東京オリンピックの事だって？　永介」

「あ、うん！　もう何でもいいよ！　ばぁちゃんの話、何でも聴きたい！　ここからは録音させてもらうからね！　さぁ続きをどうぞ！　ばぁちゃん！」

そう言って永介は録音を開始したスマホを、三人が取り囲むテーブルの上に置いた。

「ん……どこからだっけ？」

「だから、テレワークで世の中変わるって話！」

永介は興奮を抑えきれないようだ。この子のこんな姿を見るとジャーナリズムは天職に思え、私は母親としての嬉しさを感じていた。同時に、母の話を色々と聴きたい気持ちは私も同じだった。

「そうだったね。多分ね、これからはコロナが落ち着いても、仕事探しをする時にね、テレワークが出来る事というのは一つのステータスとなるだろ。いい事ばかりでもないぞ、永介。かえってこのテレワークで、また以前みたいな完全成果主義に戻るかもしれないしね。対応出来ない人、自己管理出来ない人、リストラ基準になるかもだぞい。あぁつい、評論ぶってしまったわい。永介、そこんとこカット出来るか」

笑いを誘う絶妙さも相変わらずだった。ところどころにお調子乗りが入り出すと、それは母もエスカレートしてきたという、わかりやすい基準になる。

「いいよ。ばぁちゃん！　普段のままでいいから、続けて！」

「そうかねぇ。録られていると思うと緊張するねぇ。まぁ、敢えていうなら地方からな……わざわざ仕事するのに東京でなくても……という雰囲気も定着するかもだぞ。その前から『地方創生』といって政府も地方も頑張ってただろ。これが追い風になるかもだな」

鋭い話の中にも、どんどん素が出てくる母が愛おしく思えてきた。私も続けて尋ねてみた。

「お母さん、私のアパレルは？」

「アパレルか……もちろんキツいな。そういえば去年までテレビで観てたよ。渋谷に新しく出来たあの高層の商業ビルやデパートのリニューアル。だけど今、こんな状況になってまずは飲食やアパレルが一番キツいんじゃないのかい？　雇用調整にはすぐ手を打ったろうけどねぇ、経営者が頭を抱えるのは固定費さ。それが人件費の次にくるのは『地代・家賃』よ。地主や大家は下げてくれたり延ばしたりしてくれるのかい？　下げも延ばしもせんと、借り手が撤退なんぞしたとこで、新しい借り手は多分見つかりにくいね。それになぁ……アパレル自体、コロナの前からきつい事は現場にいるお前の方がよくわかっていたんじゃないのかい？」

「図星ね……」

私はそう答えるのが精一杯だった。外資系のファストファッション大手が、日本市場から撤退したニュースも記憶にまだ新しい。ネット通販事業も溢れている今日、私達は新しい方向性を模索している所への、このコロナ・ショックだ。

「凄いよ、ばぁちゃん！　その歳で一体どんだけの経済ニュースを見てんのさ！　本当に唸らされるね、母さん！」

「おだてるのはやめとくれ。私にゃ会社を切り盛りする事しか取り柄がなかったんだよ。時代の変化ってのには敏感になっちまう、半分病気だったんじゃないかな」

そう言って母は微笑むが、その言葉に私は思わず反感を抱いた。バブルの頃の苦い記憶を浮かべながら。

「そうは言うけどお母さん。随分と他人の若者にも出資して応援してたりもしたじゃない。大変な思いをした事も憶えてるでしょ？　あれは取り柄ではないなら何だったの？　会社の切り盛りとは別だったように思うけど？　まさか道楽？」

母は暫《しばら》く沈黙し、永介も場の空気を感じて成りゆきを見守った。私は少しキツい言い方をしたかと反省し、すぐにフォローの言葉で追いかけた。まだまだ聴きたい話があるのに、ここで終わられたら次の機会はないかもしれない。

「キツく聞こえたらごめん。けして責めている訳じゃないの。お母さんの胸にある事を私達に聴かせて」

「いやいや……お前の言う事もごもっとも。今、ちょっと考え直してたのよ。私は……お父さんと作ったあの会社で働く若者も含めてね、街で私と関わる若者にもし夢があって、それをやるのに私の力が必要なら惜しみなく手助けするつもりだった。美樹。それはたとえお前でもだったよ。それが私の使命だった。取り柄かどうかは知らないよ。私が自分の信念でそうしてきただけだから。もちろん、出資するからにゃ口出しもさせてもらう。リスクを最小限にする為にね。だから切り盛りしていたのは自分の会社だけじゃない。彼らの会社、この街をいつも切り盛りしてやる……そんなつもりだったよ」

ここまで情勢を客観的に評論していた母が、珍しく自分自身を客観視して話した。

この女性《ひと》と「母娘《おやこ》」という、おそらく世の中で一番強い絆といわれる関係性の中で、私達が初めて交わす一つずつの個と個の向き合いだった。バツの悪そうに永介が割り込んできた。

「えっと……二人ともさ、また話を本流に戻してもいいかい？　ばぁちゃん。じゃぁさ、飲食にしろアパレルにしろ、今もばぁちゃんが現役で、そしてその店舗の社長だったらどうする？　飲食ならデリバリーやテイクアウトなんて手もあるけどね、ばぁちゃんならやるかい？」

「私が現役ならかい？　無論、勇気を持って撤退するね」

あっさりと断言で即答した。

永介は固唾を飲み、眉根を寄せた。私も思わず身を乗り出す。組み合わせた手の平にはじわりと汗が滲んでいた。それは飲食業の場合かアパレルの場合か、あるいは両方ともか。私はアパレル業に身を置く。母の答えは緊張を招いた。同じ血を持つ娘の私の未来をも占っているように感じたからだ。

「あぁ、でもね、永介。その考えは私ならば……だよ。あくまでもね。もちろん他の経営者の中には、この危機も乗り越える知恵と力のある人もいるんじゃないかい？　だからこんな一老人の戯言など、記事にするんじゃぁないよ」

「ばぁちゃんなら……の仮定とはいえ、それなりの理由があるんだろ？　ばぁちゃんの行動力ならテイクアウトでも頑張りそうなもんだけど？」

「テイクアウトではばぁちゃんだったら頑張らんよ、永介。ばぁちゃんが食堂やるならね、店内でお客さんが美味しい美味しい、そして大切な人と楽しい楽しいって言いながら食べているのを見る事が私の一番の幸せだと思うのよ。浜茄子の花が咲き誇る浜辺で食堂でもやりたいねぇ。

提供する価格の粗利ってのはその店内の時間空間や、自分達スタッフのサービス分の付加価値だよ。その店内にお客さんがいないのに、同じ価格でやるならね、元々店のないテイクアウト専門にその半額で出されて負ける。少なくとも私はね。もちろん、知恵を絞ればそれでも勝つ道はあるだろけど、私ゃしないよ。問題はばぁちゃんが飽きっぽい性格だというだけよ。負けてその仕事は終わり。次のやりたい事を探すさ」

私と永介はしばらく沈黙した。母の性格からそれは納得出来る答えであり、されど私達親子には納得し難い、得体の知れない後味の悪さを感じているからだ。

まるで陰と陽がせめぎ合い、均衡を保つような静寂がリビングを包んでいる。母がお茶を一口飲んで口を開き、再び静寂は破られた。

「もちろんやり方は幾つもあるよ。でも道の選択肢も幾つもある。それを知らない人が多過ぎるのね」

私も釣られて堰を切ったように声を出した。格闘技の試合でインターバルが終わり、次のラウンドが始まったかのようだ。

「お母さん、じゃその経験豊かなお母さんに訊きたいわ。実際にお母さんも、お父さんと作った自動車整備工場は最後までやめなかったでしょ？　飽きっぽいなんていうけど、その道一本を貫いたでしょう？　その道一本でやってきた人の気持ちもわかるんじゃないの？」

「当たり前じゃない。安定していて危機はなかったもの。お父さんとの思い出も沢山詰まっているし、何より美樹、あなたを育てる為にも安定は手放せなかった。その道一本でやってきた人を否定するつもりはまったくないわよ。だから私は、若い人達を使って他のやりたい事を叶えてきた。同時にそれは彼らが夢を叶える事にもなった。やりたい事は別にね、私がやらなくてもいいの。私にとって大事な事は……やりたい事を持つ人が、その命をその事に正しく使い切る事よ。一番は私じゃないのよ」

　私はまだ混乱している。おそらく母も、自分の話が順序立てられておらず、理路整然から離れている事を認識していただろう。混乱し、整理する為にも母に問わずにはいられなかった。

「だからぁ……それはわかるの。素晴らしい事よ。人が夢を叶えたり、それでその道一本でやってゆく事はね。でも何か私にはそう……例えばさっきのテイクアウトの話、私には否定にしか聞こえなかったんだけど」

　母はすかさず返してきた。

「いい？　美樹。永介。今の飲食の人達がやっているデリバリーとかテイクアウトとか……今を生き残る為に大事な事よ。今はネットの出前注文があるのも永介に教えてもらった。でもね。その道一本で頑張るにも、やりたい事を叶えるにも、私は平常時に話してきた事なのよ。平常時の常識がまったく通用しない異常時ってね、幾つかあるんだよ。今はその時だろ？『私ならやらない』というのはその前提で話しているんだよ。平常時の常識……例えば企業秘密のレシピを料理教室でも、お料理本でも、若けりゃＹｏｕＴｕｂｅででも公開するよ。私が言いたい事は、手段を目的にしないって事よ。本当の目的をみんなに忘れないで欲しいの。それさえ忘れなければ、人は何度でも……焼け野原のゼロからでもやり直せるよ」

良い事を言おうとしてるのはわかる。それにしても具体性を欠く母の話に苛立ちがまた募りだす。私がまた応戦しようとするのを、永介が「母さんは少し黙ってて」と遮った。

「ばぁちゃん、何？　その幾つかある異常時の条件って？」

母はお茶をまた一口飲んで息を吐き、話しだした。

「異常時……というか有事だね。どうしようもなく不条理な。まずはまさに今だよ。感染症のパンデミック。こんなに世界的に大変になった事はばぁちゃんも初めての経験よ。そして災害ね。阪神とか東日本大震災。永介にも記憶あるだろう？　それから……何というかね、改革とかクーデターとか、大きく仕組みが変わった時。ばぁちゃんは子供の時にね、『デノミ』っていうもので見てきたわ。そして最後にもう一つ。それが一番怖い地獄なの……」

母はまたしてもお茶を口に含んだ。震災や疫病が不条理である事は私も認める。デノミ？初めて聞く言葉だし、更にはもっと地獄の不条理もあると言う。もったいぶらずに言って！私は心の中でそう叫んだ。母の話は飛びまくり目まぐるしくコロコロと変わる。合わせて私の感情もクルクルと回転した。母がいつになく口数が多くなっている事にもこの時気づいた。つい三分前まで苛立っていた私の心は、すっかり鷲掴みにされて引き込まれていく。不意に頭を、いつか私にみえちゃんが言ったセリフが過った。

「美樹ちゃん……私達姉妹にはね、『恐怖』の感覚が欠落してるのかもしれない……怖いものがないのよ」

その母にも怖いものがあるというのか。

また、謎の伯母・ひろちゃん。これから私と永介は、その秘密を知ることができるのかもしれない。永介が母の湯呑みに二杯目のお茶を注いだ。

「ありがとう」

「うん、それよりばぁちゃん、その地獄ってゆぅのは？」

「そうよ、お母さん。もったいぶらないで」

永介が続きを急かしてくれたお陰で私も便乗した。だけどその時、母の顔を注意深く観察して気づいた事がある。

認知症の傾向一つ見せずに元気とはいえ、八十五歳。顔もそれなりに年輪のような皺に覆われている。それでもその表情が悲しみに満ちていた事がこの時わかった。余程、エネルギーを消費しながら話していたのだろう。

「美樹。永介。一番怖い、地獄の『異常時』それはね、何といっても『戦争』だよ」

第三章

「それはね、何といっても『戦争』だよ」

私と永介は目を見開き、互いに顔を見合わせた。母は深い溜め息をついている。リビングの中に、吹く筈のない風が吹き抜けたように思えた。私は息を飲んで尋ねた。そこから先、母の話を聴くには覚悟が要る気がしたからだ。永介も同じ空気を感じ取ったはずだ。

「お母さん、戦争って太平洋戦争の事？　当時は子供だったんでしょ？」

「そう。十歳の時に終戦を迎えたのよ」

「お母さんはどこかの田舎に疎開してたとかって言ってなかったっけ？　空襲を受けた経験でもあったの？」

「美樹。質問は一つずつにしてちょうだい」

つい矢継ぎ早に尋ねた事を、言った後で釘を刺された。待とう。聴こう。おそらく「時」は来たのだ。母がすべてを話す時が。私が母のすべてを知る時が。

「私達家族が戦時中暮らしていたのは、北海道よりも北の『樺太《からふと》』という土地なの」

「樺太？」

来た。案の定、いきなり来た。初めて耳にする地名だ。私はこの女性《ひと》の娘で五十五年生きてきて初めて聴かされる地名。そして初めて明かされる真実の予感に鳥肌が立つ思いがした。

「父は……つまり美樹、お前のお爺さんは鉄道の会社。母は家にいてみえちゃんは裁縫の仕事を。利夫兄さんは戦争最後の年には十六歳になったけどそれまでは学生よ。徴兵の召集が来るでもなく、向こうにあった製紙工場で働きだした頃だった。自然も豊かな土地だったよ。そしてね……」

母は息を吸った。

「私には二歳上の姉がもう一人いたのよ」

それを聴き、雪と氷に閉ざされた心を覆う、暗い冬雲の切れ間から光明が一筋射し込んだ。二十五年前、母の書きかけの原稿の伏線。それを本当に長い長い時間をかけて回収した瞬間だった。

「止まったままの自叙伝の、浩子さんっていうお姉さんね」

「何だい、美樹。見てたのかい。まぁそういう事だったのさ、私達は六人家族だったんだよ」

「あの『浜茄子の花が咲く浜辺』っていうのは樺太だったのね」

「そう、樺太の浜辺。終戦の年、みえちゃんは一回りも上だろ？　私は十歳、ひろちゃんは十二歳。むしろ毎日一緒に過ごした時間が長かったのはひろちゃんだったよ。浜茄子の花が咲き誇る季節はね……私ゃあの通学路が本当に大好きでね。天気のいい日にゃつい足を止めてずっと見惚れた。その度、ひろちゃんは学校に遅れる遅れる、と私を急かしたもんさ」

永介は傍らでタブレットを何やら操作していた。母が話しているのにと、気になって覗けばＧｏｏｇｌｅＥａｒｔｈで樺太を検索していたようだった。それを見つけると私達に見せて声を上げた。

「これだね、樺太！　ロシアでは『サハリン』って呼ぶのかな。ここ……南北に凄く縦長だね。日本に重ねたら、余裕で北海道から東京までカバーしそうだね」

「ほう……今はこんな事も出来るようになったのかい？　凄い世の中になったもんだねぇ。世界中の国が観られるのかい？」

「うん！　そうだよ、ばぁちゃん！　ほら……こうして、こうするとね、ストリート・ビューっていって、人の目線の視界にも切り替えられるんだ。ばぁちゃんのその通学路もね、見つけられるかもしれないよ！」

「永介！」

私の苛立ちは、今度は永介に向かった。今はどうしても母の話の流れを止めたくない。私の心に二十五年も前から……いや、正確にはあの借金の取立て屋に怯えた三十年前。みえちゃんが言った「私達姉妹には恐怖が欠落している」の言葉を聴いたあの日から。ずっと心を凍りつかせていた母の家族の秘密が溶け出そうとしている。

どうしても話の流れを止めたくない。どうしても聴き通さねばならない時だと、運命がそう告げていた。

「お願いだからそれは後にして。今は……お母さん。どうか……どうかすべてを話して。私はあなたの娘として、どうしても知りたいの」

永介に怒り、呆れ、そして懇願していた。

母娘《おやこ》というのは不思議なものだ。母も私へやはり同じく、『どうしても今、話さねばならない』そう運命に導かれているのを感じているらしい。それが伝わる。私達の運命が同調《シンクロ》させているのだろう。母はゆっくり頷いた。

「浜茄子の花というのはね……一日で枯れ落ちてしまうんだよ。知っていたかい？　私ゃね、その与えられた命の時間を精一杯咲き誇ってね、その役目を終えていく花達を子供ながらに人間みたいだなぁ……そう思って見ていたんだ。本当はね……戦争なんて起きなければ、絵描きになりたい、役者になりたいとね、やりたい事に向かって勉強を頑張ってゆける自由な世の中だったら……どんなにいいかと感じていたよ。そして平和な世の中になって、その限られた時間をこの花のように美しく咲いてね、人を魅了し心を癒し……散ってゆく。それならせめて私だけは……その花達の一番輝かしい時間を見届けてやろうじゃないか。そんな事を毎日毎朝、子供ながらに感じていたよ。それがね、美樹。私がやりたい事に向かう人を応援したかった理由のね、まずは第一の根にあるんだよ」

「まるで『世界にひとつだけの……』と歌うような話ね。で？　第一の根というと？」

「そう、第一だ。という事はだ。第二の根もあるという事だよ。その第二の根を植え付けた経験が私達三姉妹にはあったのさ。実をいうとね……さっき美樹が覗いた私のブログ……『やまね雨』の中身はね、その時の事を書き残そうとしていたのさ。たしかに一度は『自叙伝を書く』と言ってたよ。戦時中の子供の頃からのね、ずっと生きてきた足跡を辿ってね……自慢じゃぁないが、私の人生経験は豊富で濃厚だよ。戦争も災害も、疫病も大きな仕組みを変えた改革もぜぇんぶ経験してきた。会社経営もさせてもらったし、借金苦もだ。美樹、あんたを授かって人並みにね、子育ても経験させてもらったよ。だけど……実はブログはまだずっと、その子供の頃の時点で止まったままなんだ。あの時の事、何度も書き直したり、書くのを躊躇していたり、なかなか進まずにいるんだよ」

「え!? ばぁちゃん、まだ一投稿もしてないの？ 毎日頑張って打ってるなぁと思って見てたけど、ブログを教えたのもかれこれ四年前じゃん」

永介は驚くが、それは私も同じだ。後で検索しようと思ってさえいたのに。もとより今日は、驚愕の連続となる事はわかり切っていたわけだが。

「永介、お前もまだまだだねぇ。ばぁちゃんに教えたなら、ばぁちゃんがどんなのを投稿しているのか、チェックしなきゃ。会社でもこれから後輩も増えてくんだろからね、そうやって丸投げしたらダメだよ」

「わかったよ。ほら、母さんもまたイラつくから、続きを話してよ」

「そうね。続けて欲しいわね」

私は冷静だった。母の四年がかりでも進まぬブログ、二十五年前で止まった原稿。そして何よりも七十五年前に樺太の地で、母の家族に何が起きたのか。その真実が明かされる前に私の身体はその重みで押し潰されそうになっていた。

「とにかくね、私はひろちゃんと一緒の事が多かった。ひろちゃんも私の事をよく面倒見てくれた。それだけじゃない。近所の子供達とはいつも一緒にね、大人の目を盗んで浜辺や山、川で遊んだし、友達の家の畑の手伝いをしたり、誰かの家に集まって勉強したり。男女問わず仲は良かったね。そしてひろちゃんは女の子ながらもグループのリーダー格で、姉御肌って言うのかい？　頼もしくみんなをまとめて、私も憧れていたもんだよ。

樺太も北半分は隣国ソ連の領土でね……あんたらは知らんだろうけどさ、外国と隣接する土地があった訳だから、それなりに緊張はあったんだろね。それにしても私達は内地と比べても比較的、落ち着いて暮らしていたと思うよ。『贅沢は敵だ』の時代だ。どこの家庭も貧しく質素だったけどね。日本は戦争に勝って、そして私達もお国の為に教師になりたい、軍人になりたい、医者になりたいと夢を語っていたもんさ」

「お母さんやひろちゃんは、何になりたかったの？」

母は遠くを見つめるような目をして答えた。

「私はお国の為に働くみんなが、腹一杯食べられる食堂をやりたい……それもね、小さくてもいいからあの浜辺に、浜茄子の花の季節が来れば辺り一面を花に囲まれるあの浜辺にポツンと一軒……店を構えたい。そう言っては皆に、街の中に建ててよと責められたもんさ。

　ひろちゃんは……女の政治家になりたいと言ってたよ。当時は大それた話だよ。そしてね、あの頃の日本は日本の為だけに戦っていたんじゃないんだ。東アジア全体を欧米列強の支配から解き放つ為の大義名分さ。色々解釈はあるだろけれど私はそう信じてる。そして……ひろちゃんならきっとそれをやる。女政治家となってアジアを平和にする。そう信じて疑わなかったよ」

　夢を語り合う年端もゆかぬ子供達。どこで集まり話し合ったのかは知らないが、私の頭の中では浜茄子の花咲く緑地と隣り合った浜辺で、陸上げした船の甲板で円陣を組んだ子供達を想像していた。

「戦況が日本にとって厳しくなってきている事は、大人達やその話を聞いた誰かの話で知っていた。沖縄で白兵戦が始まっただの、東京が空襲されただの、そして八月六日、広島に原爆が落とされて本当に大勢の人が一瞬で亡くなったと聴いたよ。今でこそあのキノコ雲の写真を見る事が出来るけど、あの頃は話で聴いただけだろ？　アメリカ軍が悪魔の兵器を落としたってね。一瞬で犠牲になった人達……苦しんで死んでいった人達……死ぬにも死ねず、長い苦しみと共に生きてゆく事になった人達……私ゃ今でもあのキノコ雲の写真を見るとね、涙が止まらないね。不条理な死はね、本当にいつ訪れるかわからないし、誰にでもいえる事なの。美樹も、永介も。それはウィルスなのか、原爆なのかわからない。わかるはずはないよね。予告なしなんだから。サリンだろうと、津波だろうと、そして交通事故であろうとさ。若いからと、けして油断していたらダメだからね。防げる物は防がなきゃね。でも……私が一番言いたい事はそんな事じゃないんだよ」

交通事故と聞いた時は利夫伯父さんの顔も浮かんだ。

それまで感嘆と共に傾聴していた私と永介は、心の隙を突かれた。「油断するな」という事が一番言いたい事ではない？　しかし答えを聴いて、やはり母らしいと納得せざるをえなかった。

「一番言いたい事はね……不条理だろうと何だろうと、死ぬ時は死ぬのよ。人間はね、その与えられた命の中で、いつ終わりが来てもいいように、やりたい事、やるべき事、やっておきなさいって事よ」

この女性《ひと》の娘に産まれて五十五年。本当にこの言葉を私は、何千回、何万回聴いてきただろう。本当に母・朋子は、どこまでいっても朋子だ。

「ばぁちゃん、八月九日の長崎原爆の情報は聞かなかったの？」

永介の質問は、不意かもしれないが、率直で単純だった。私は広島の話に長崎も集約していると気にも留めなかったが、まぁ、その質問が来てもおかしくはない想定ではある。だけど、母のまとう空気は明らかに一変して緊迫したように感じられた。

それは「長崎」に対しての反応ではない。「八月九日」という日付に対してだった。

母の話をすべて一通り聴き終えて、あまりにも凄絶過ぎた悲劇に全身の力が完全に脱け切った。三人でしばらく沈黙を守っていた。母の疲労感も尋常ではないように見えた。

母は目も虚ろに部屋で休むと告げてリビングから去っていった。

その背中は、まるで「すべてあんたらに語り継いだよ、これで思い残す事はない」とでも言っているかのようで、このままもう会えないのではとさえ思えた（思い残しがある、と最後には聴かされるのだが）。

最初は茶化しながら聴いていた永介も、すっかり口数が減っている。私と永介は、夢でも見ていたのだろうか。

永介はリビングの床に両脚を伸ばし、両手も背中越しの床につき、呆然と天井を見上げていた。もしかすると彼も、その先に澱んだ雨雲が広がる虚空を見つめているのかもしれない。

「母さん……グッタリしちゃったよ……」

永介が言った。

「私もよ」

やまない雨。雨はやんでも、やまない雨。母の心の中にだけ、七十五年間やまなかった雨。母はその雨をやませる為に、人々に「やりたい事をやれ」と、惜しまず援助を続けてきたのかもしれない。それが母なりのこの雨のやませ方であり、戦争犠牲者の供養であり、そうして心の中で浜茄子の花をずっと愛で続けていたのだ。

気がかりな事もある。私達に打ち明けた事で、母の雨は更に晴れたのか。

この話を知り、母から最後に宿題を突き付けられた私と永介は、母の【やまね雨】と新型コロナウィルスのパンデミックのこの時期に、どう向き合えというのか……試されているような気がしている。

「永介。お願いがあるの。あなたがそのスマホで録音していたこの話、母さん、もう一度最初から聴きたいの。私に送信できる？」

「え……マジ？……結構な時間だぜ。いいよ、スマホ預けるよ。どうせ俺には今は見られて困るような用件のＬＩＮＥも来ないしさ」

画面に表示される、新着メッセージなどのポップアップの事を言っているのだろう。悪いが未だ同居しているとはいえ、自立した息子のプライベートなど今の私に興味はない。だけどその時、私にゆっくり顔を向けた永介の顔には、涙を流した跡が残っていた。

「少し一人になりたいな。庭で外の空気でも吸ってるよ。再生が全部終わったら教えて。どうやらね、人のスマホも画面タップとかしない方がいいらしいよ。アルコールのウェットティッシュで画面をちゃんと拭いといてくれよ」

そう言って永介は立ち上がり、マスクを顔にかけた。彼も何か思う事があるのだろう。テーブルにレコーダーアプリの再生をした自分のスマホを置いてくれた。

「中に入る時は本当によく手洗いやうがいをしてね。おばあちゃんも高齢なんだから、何かあってからじゃ遅いんだからね」

「わかってるよ」

背中を向けたまま永介はそう言って去り、リビングには私一人となった。スマホからは先ほどの母の声が流れ出す。

「ん……どこからだっけ？」

「だから、テレワークで世の中変わるって話！」

スマホから録音していた音声が流れた。そうか。最初はそんな話もしていたか。母の八月九日以降の話が濃すぎて、母が話しだした、たかが一時間前の話題もすっかり忘却の彼方だった。まさかあんな話を聴かされるとは。

待てよ……待て待て、美樹。今のこの状況はまさしく母達の八月九日と似ていやしないだろうか。まさしく今の私達の置かれている状況を示唆しているのではなかろうか。これから、世界が変わる夜明け前のタイミング。リビングで一人、録音していた母の話にまた耳を傾ける。そうか、私達は何に導かれているのかがわかった。きっと今この場にはひろちゃん、みえちゃん、利夫伯父さんに亡くなった祖父母の霊魂が皆揃っているのだ。彼らは皆、私と永介が出す答えを待っている。

第四章

八月九日……長崎にも原爆が投下された話も知ったよ。でもそれは何日か経ってからだったんだ。それまでは樺太の子供の私達は、どこか遠い地の出来事のように聴いていた。戦争の実感は内地の人よりも欠けていたんだと思うよ。でも私達にとっての八月九日はソ連の侵略の日。とうとうソ連側が満州に南下し日本の領土を侵略した話の方が、私達にとっては切実だった。樺太も時間の問題だ。

わかるかい？　樺太の北半分はソ連の領土だと言ったろ？　樺太の日本軍も軍備を整え、町もにわかにざわつきだしたんだよ。多くの家庭が避難の準備も始めた。衣類や持てる財産を荷物にまとめだした。まさか自分達もソ連に攻められるなんて、そんな筈はないと高《タカ》を括《くく》る人達もいた。そいつらは決まって言った。不安になり過ぎだと。また、ソ連が攻めてきたら……自分達も戦うまでだと言う者もいれば、その時に逃げればいいと言っている者も。本気だったのか、大口叩いただけなのかは今となっては知らないよ。まだ子供だった私にそんな事を判断する力なんてない。ソ連軍に不穏な動きありという事だけは、瞬く間に街中に広まっていた。その日は学校から自宅へ戻り、待機するように指示が出た。

今と似ているね。こんな事態になると怯え過ぎる者、侮り過ぎな者、好き勝手言う者、色んな奴が現れるね、ホントに。混乱する大人の影響で子供社会もその縮図さ。今とまったく同じだね。

ただね……あの緊迫感は美樹も永介もわからないだろうね？　今の日本地図を見てみな。大陸の中で外国と隣接している日本の領土なんてないじゃないか。そりゃぁ日本も戦国時代は隣り合う敵藩と戦はしていたろう。でも今のあんた達は一つになった日本国だ。隣の県と戦うにしてもせいぜいスポーツの話さ。あの頃の日本はね、樺太も満州も朝鮮も……その陸の上に国境があったんだよ。それも戦国時代とも違う、肌、髪、瞳の色もまるで異なる違う人種との間にだ。差別じゃないよ。子供の私達の不安と緊張といったら……尋常じゃなかった。平和は願うが、戦時中においての私には恐怖でしかなかったよ。

その日はね、ひろちゃんの学年が先に解散していて、彼女は私の教室まで迎えに来てくれた。先生もとにかくお父さん、お母さんの言う事を聞いて、学校からまた連絡するから……そんな事をまくし立てながら話していたよ。私は廊下で待っているひろちゃんの姿を見つけると一目散に駆け出し、二人で手を繋いで家路を急いだ。

沖縄が市街戦になり陥落した話、東京や主要な軍需工場のある街が空襲にあった話、色々と聞いているからね。私は走りながらひろちゃんに、「ここも沖縄みたいになんの？　東京みたいになんの？」と涙を流しながら尋ねていたよ。ひろちゃんは「わからない！　静かにして！」と怒鳴ったけど、けして手は離さなかった。景色はいつも通りだった。それがやけに不気味にも思えたもんさ。そして浜辺の道に出た。打ち寄せる波の潮騒もいつも通りだった。でも私は無性に悲しかった。

「ひろちゃん、少し歩こう」

私が言うと、ひろちゃんは気遣ってくれたのか歩調を合わせてくれた。手は繋いだまま。

私は大好きだった、浜茄子の花の咲き誇る風景を思い描いたよ。

「ひろちゃん、私、大きくなったらここさ食堂を建てんだ。建てられんべか」

「うん、きっとともちゃんが大人になったら、世界の人もみんな仲良くなって、ここさ帰ってきて建てるといいべ」

「帰るって？　やっぱ樺太を離れなきゃいけんの？」

「そうでしょ？　今はね……世界中の人の頭、なまらおかしくなってんだよ」

「じゃあ、ひろちゃん、女の政治家んなって世の中平和さしてくれる？」

「うん、なるよ！　ともちゃん！　なまらすごい女政治家だべ。みよちゃんは学校の先生さなりてって。ちいちゃんはお医者さんさなりてぇって。みんななりたい仕事の大人になれる世の中だよ、ともちゃん」

「約束だよ！」

この期に及んでね、そんな夢の話をしていたんだ。いくら樺太の住民が戦争の実感が足りないっていってもね、こんな話は公然とは出来なかった。どこで誰が聞いてるかわからない。子供でも非国民扱いされるからね。ひろちゃんといる時しか愚痴はこぼさなかったし、浜辺の道は潮騒の音が二人の声をかき消してくれる。本当にひろちゃんと二人だけの世界にいるようだった。私は本当にひろちゃんを頼りにしていた。

家に帰ると、お父さん以外はもう集まっていたの。お父さんは鉄道の仕事だったからね。人や物資の運搬とかね、戦局がどうなるかわかるギリギリまで現場にいなきゃならなかったんじゃぁないかな。利夫兄さんは、そんな父がいない中、唯一の男手。父の代理として、母や私達の荷物まとめやら何やら手伝ってくれていたよ。みえちゃんは裁縫の仕事で新しく縫ってくれた防空頭巾を私やひろちゃん、お母さんに渡してくれた。本当に非常事態が近づいてるんだ……そう思ったね。

利夫兄さん……あぁ、もうまどろっこしいから、ここでの説明では「お兄ちゃん」と呼ばせてね。お兄ちゃんも頼もしく私達に言ってくれてたっけ。

「俺の会社でも今、情報集めに躍起になってる。うちらは内地へ帰れるのかどうか。船は来るのかどうか。公衆電話も今すぐ行けば、わやくちゃ（方言：めちゃくちゃの意味）混んでるのは目に見えてる。とにかく落ち着くだぞ、みんな！」

「利夫……ありがとなぁ……」

「母さん、もし内地へ渡るとなったら、女子供と老人達が先だべ。母さんこそ、浩子や朋子んこと、しっかり頼みます！　みえちゃんも母ちゃんこと、支えてやってくんせよ。父さんと必ず、後から行くから！　必ずだ。今生の別れさはしねぇから！」

お兄ちゃんがそんな事をお母さんと話していた。きっとお兄ちゃんやみえちゃんは、仕事場でもっと具体的な今後の島民の動向を聞かされていたんだと思う。そうでなければ、女・子供・老人が先に北海道へ発つ……なんて情報は知りえなかった。私やひろちゃんはそこまで学校で聴かされてはいない。町の人々も、北海道や本州で親戚だったり実家であったり、急に樺太から渡っても自分達家族の受け入れ先を探すのに苦労していたらしかったね。急に胸が締め付けられてきた。

私達は突如、今までの家と暮らしを捨てなければいけない。父や兄とも、ひとときとはいえ、別れなければならない。まだ「そうなりそうだ」という想定の段階だったけど、何もかもが突然過ぎて混乱していた。ただ皆、生き延びる為にテキパキと準備を進めた。そこはね、大人達がキビキビ動いていたら子供もね、メソメソばかりしていられないよ。

あぁ、だからね。あんた達には言ってなかったけど九年前、福島で原発事故があっただろ。見る限り、街の景色は破壊も略奪も何もない。だけど大勢の人が集団避難を余儀なくされた。私ゃあの光景をテレビで観ている時は、樺太の当時を思い出して心が痛んだよ。この集団避難の中の子供達は、あの頃の私達みたいだとね。話がそれちゃったね。

まぁ、樺太がざわつきだした日が八月九日だ。まだ何か起きた訳じゃない。ただその日を境に、明らかに街の空気は変わったたね。

「ともちゃん、避難が始まったら、ずっと手を繋いでてあげっから、足手まといになっちゃダメだよ」

ひろちゃんは何度も私にそう言ってくれた。夜になって父も帰宅してまたひろちゃんがそれを言いだした時、みえちゃんが、

「何言ってんの、ひろちゃん。私からすればあんたも同じよ」

そう言った。両親とお兄ちゃんがそれを見て笑った。ひろちゃんもね、言ってみりゃまだ子供さ。今思えばあどけないよ。間接的に両親やみえちゃんに「私は妹の面倒見がいいでしょ」とアピールしたかったんだろうね。家族揃って樺太で笑ったのはそれが最後だっ

たと思う。

それが私の八月九日よ。同じ頃には長崎で大勢の人が涙を流してたろから、不謹慎といえばそうなんだけど。何だい？　永介。拍子抜けしたかい？　敵が攻めてくる日とでも思ったかい？


そうそう、脱線ついでに話させとくれよ。美樹、ほら何ていう曲だっけ？　昔、あるバンドが唄っていた歌、あっただろ？

♪何でもないありふれた事が幸せだった……というような歌詞の歌さ。正確な歌詞は忘れたけどね。私ゃ弱いんだよ。あの歌にゃね。いつもその歌を聴いて思い出す場面は、家族のその樺太最後の夜だからさ。

八月十日。ソ連軍の満州侵略から一夜経って、少し落ち着きを取り戻したようには見えていた。それは子供目線でね。実際には大人達は銀行に行っていたり、本土へ発つ船の情報を集めに走り回ったり、なんとか本土の実家や親戚宅へ疎開先の確保の連絡を取ろうとしたりと苦労は続いていたらしいよ。

私は身の回りの整理を済ませた後、何をすればいいかもわからずにね、ブラリとあの浜辺へ出かけた。空は青くて陽射しはジリジリ、遠くの入道雲はモクモクと見えててね。夏真っ盛りだったよ。浜茄子の花はとっくに終わっていたけどさ、その日もそこに膝を抱えて座り込み、水平線をただ眺めていたの。

「何してるの？」

背中にかかる声を聞いて振り向いたの。ひろちゃんがいたんだよ。私の姿が見当たらなくなって、心当たりの場所に探しにきたんだと。ドンピシャで当てられるなんて私も単細胞な人間よね。私は、この海の向こうからソ連軍は来るのかなぁ……それより平和な世の中が来ないかなぁ……なんて事を伝えたの。ひろちゃんは言った。

「ともちゃん。今は大変な時期だけどね……きっとあんな大変な時期もあったねぇと振り返る時が来るよ。世界中の人が仲良く暮らす時代でね、みんなが命を無駄にする事なくね、やりたい事をやって世の中をもっと良くしてゆくの。だから、それまで頑張ろ！」

「うん」

「さ、手ぇ繋いでお家さ帰ろ！」

ひろちゃんは手を差し伸べてくれた。思い返せばいつも手を差し伸べてくれていた。私が思い出すひろちゃんは、いつも笑顔で「ともちゃん！」と呼んで私に手を差し伸べてくれていた。そんな優しい姉だったの。

そしてまた一晩明けた。八月十一日。

ソ連軍は満州に引き続き、ついに日本領土の南樺太へも侵攻を開始した。国境付近で日本軍と戦闘が始まった。

八月十一日。満州に続き、樺太日本領土へもソ連軍は侵攻。国境付近で日本軍も抗戦し戦闘。日ソ中立条約は破られ、樺太の私達にすればとうとう開戦してしまったかという気分だよ。日本は原爆を二つも落とされているだろ？　もうね……子供の私達も敗色は濃厚さ。正直、今更戦争が始まるのか？　とも思っていたよ。私やひろちゃんは内心、平和主義者だったからね。

それから大人達は奔走していた。早く逃げだしたくてパニックになる人達。もう駄目だ、終わりだと諦める人達。冷静な人達。兵隊さんと一緒になって戦うと言いだす人達。漁師さんも多かったからね、人情も血の気も多かったのよ。いや、笑い事じゃなくてさ。

実はこの時から既に、南の港町・大泊《おおどまり》から北海道の稚内へ疎開船は引き揚げ住民をね、一〜二往復は輸送していたみたいだったのよ。後から知った話だよ。その事を最初はお金持ちは違うなぁと思ったけど、でもけして早くから北海道へ渡っていたのは、お金持ちばかりという訳ではなかったんだ。お金持ちなんてあの時代、本当に一握りよ。戦時中でも穏やかで心のいい人達ばかりの土地だったけど、みんな生きるのに精一杯だった事は樺太も本土と変わらない。要はお金持ちより情報持ち。そして準備をしていて、その時が来たらすぐ動ける人達だね。


危機感は日ごとに増していった。住民の動きもね。鉄道会社の父は休む事なく働きづめ。母は家の事をまとめて、みえちゃんやお兄ちゃんもサポートしてた。私やひろちゃんも出来る手伝いは何でもしたよ。人の動きを除いては街も海も、炎天下から見上げる夏空も、普段と何も変わらなかったんだけどね。

つい不安をひろちゃんに打ち明けもしたんだ。ひろちゃん以外には、頑張っている大人達には言えなかった。

「ひろちゃん、本当に樺太も戦争になるのかな」

「わからないよ。でもね、ともちゃん、私達家族はいつまでもみんな一緒だからね。頑張って乗り越えようね」

ありがたかったよ……。そうこうしている内にね、家にも人の訪問がポツリポツリと増えてきた。最初は大人達から……みえちゃんやお兄ちゃんを、そして私やひろちゃんの同級生達も。

「樺太は終わりだ、樺太庁の大津長官から全島民の避難指示が出るのも時間の問題だ」。そんな空気の中、島から引き揚げて本土で世話になる実家や親戚宅の連絡先を交換しに来たんだ。あの頃はもちろん携帯電話などない。遠くの人に会うにはもっぱら手紙さ。手紙で何日に会いに行っていいか？　そして先方から「いいよ」の返事が来てやっと会いに行く……そんな時代だよ。いつの時代も人との繋がりはありがたいもんさ。

ちなみに……私が永介からＦａｃｅｂｏｏｋを教わったのはね、もし当時の樺太を知っている人でＦａｃｅｂｏｏｋをやっている人がいたら繋がりたかったからなんだよ。出来る事なら……その頃の友達とかね。そんな連絡先の交換をした所でさ……みんな離れ離れになってしまったからね。そう、永介。実はそういう訳だったんだ。本当に便利な時代になったものだよ。あの時代に携帯電話やそんな物があれば良かったのに……でも何せ高齢だろ？　なかなか当時を知っている人とは繫がらないね。遺族とか戦争の歴史を研究している人ばかりだったよ。

だけどね。一人だけ……本当に一人だけ。札幌に住んでいるという、当時を知る人と繫がったんだ。あの樺太を共有する人と。聞けば樺太で住んでいた町も隣だった。浜茄子の花咲く浜辺も知っていた。何よりも……本土へ引き揚げる同じ船に乗っていたんだ。後で聴かせるけどね、その事に大きな意味があったんだ。嬉しかったねぇ。パソコンの画面、その人の文字を見ているだけで涙が止まらなかった。

生きていてくれてありがとう。Ｆａｃｅｂｏｏｋを使えるくらい新しい物好きで、そして何より、ボケもせず元気でいてくれてありがとう。私と……繫がってくれてありがとう。まったくね。あんた達から見たら私もそう思われているかもしれないけどね。

私がＦａｃｅｂｏｏｋを使えるだけでも奇跡なんだ。その奇跡と奇跡が繫がったんだよ。心からね、感謝した。

だけどね、それは束の間だった。その人の投稿も個別の通信もほどなく途絶えたんだ。

渡辺さんって人だったんだけどね、気になりだして数日後。渡辺さんのタイムラインには、誰かからの「渡辺さん、ご冥福をお祈りします。安らかにお眠り下さい」という投稿があった。

また一人……戦争を知る人が去っていったんだ。

⌛

話は戻るよ。休校中だったんだけど、大事な話があるから島に残る全生徒は午前中に学校に集まるように、と連絡が来た。保護者も集まれるなら集まるようにと。いつものように暑い日だった。八月十五日だ。もう何の日かわかるね？

正午前には校庭にみんな整列していた。天皇陛下からの直々の玉音放送だよ。正面にはラジオが置かれ、誰一人言葉を発する者はいなかった。

「朕　深ク世界ノ大勢ト帝國ノ現狀トニ鑑ミ　非常ノ措置ヲ以テ時局ヲ収拾セムト欲シ茲ニ忠良ナル爾臣民ニ告ク」

みんな声を忍ばせ泣いていたよ。日本はポツダム宣言を受諾し、無条件降伏の意思が国民に示された瞬間だった。アメリカ、イギリスなどの連合軍との戦争が終結したのさ。日本の敗戦をもってね。

二人とも、解せない顔をしているね。そう、その通り。話はこれで終わらない。アメリカやイギリスとの戦争が終わっただけさ。満州や樺太にとっては、つい数日前、ソ連との戦争が始まったばかりだったんだよ。二人にはどういう事か、もう少し背景を知る必要があるね。

太平洋戦争末期、日本は関東軍も中国配置の軍も、ほとんどの戦力は南海戦線に引き抜かれていたんだ。ところがその南方もことごとく撃破され、本土への空襲も激化し、そして八月六日、九日と立て続けに原爆を落とされた。確かにそれは、日本に降伏を決意させた決定的な理由だろうよ。八月九日までソ連軍は満州にも樺太にも侵攻してこなかったじゃないか。それまでソ連は日本に対して中立国だったんだ。ヨーロッパ戦線ではドイツ軍と戦っていたけどね。

私の学校には居なかったが、樺太にゃ日本人、ロシア人、朝鮮人の子供達も通っていたた学校があったくらいだからね。だから私だってロシア人を見かけた事がないわけじゃない。そういえば、例の浜茄子の浜辺で、よそから来ていたロシア人の親子を見かけた事もあったね。あの子供も覚えているよ。綺麗な銀色の瞳、透き通る肌……天使みたいだなぁと思っていた。

あぁ、話がつい脱線しちゃうね。ばぁちゃんだからあれこれ話したくなるのは許してくれよ。とにかく日本は……むしろ和平交渉の仲介をソ連に期待していたのが本音だよ。それが戦争も本当に末期の末期になって、ソ連は日ソ中立条約を破って日本に宣戦布告し、攻めてきたんだ。兵力の手薄になった満州や樺太に。日本軍にはもう、まともにソ連軍と戦う力もないだろう？　南方の陥落、原爆の投下、本土はもはや丸裸。それら決定的な降伏理由に加え、ソ連軍侵攻は仲介の期待が瓦解したトドメ。ボクシングの試合でさ、倒した相手の上に馬乗りになって殴り続けるようなもんさ。

八月十九日。ついにソ連軍は日本領土・南樺太の西側に位置する真岡町に上陸目前と言われていたよ。当時、子供だった私やひろちゃんには難しい事はさっぱりわからない。日本はもうこの時は降伏し、それを受けてアメリカやイギリスの連合軍も停戦したし、もう二度と日本軍も攻撃を仕掛ける事は出来なくなった。「降伏」といってから攻撃するのは後出しジャンケンと同じさ。ただそれは内地や南海の話で、樺太はまだ開戦したばかり。私たちは油断できない事だけは分かっていた。

最低限、自衛の戦闘だけはしなきゃならない。最低限もいいとこさ。兵力が既に最低限なんだから。後出しジャンケンされたのは日本だよ。弱り目にたたり目さ。あの天使のようなロシア人のご両親も、こんな卑怯な人達と同じ人種かと思うと、本当に悲しかった。

両親や年の離れたみえちゃんの前ではメソメソばかり出来ないからね。泣き言はひろちゃんの前でだけ。その時もこぼしてたよ。

「ひろちゃん、戦争は終わったんじゃないの？　なんで樺太はいつまでも戦争が終わんねの？」

泣き続けていたよ。じわじわと近づいてくるソ連軍が怖かった。

ひろちゃんは、わからない、わからないと私の質問を躱していたけど、あまりに私がしつこくて最後には怒られたっけ。

「ともちゃん！　うるさい！　とにかく今はお父さんやお母さんの言う事聞いて、乗り切るしかないの！」

そう、泣いている場合じゃなかった。

樺太の女性全員と十六歳未満の男児、いわゆる婦女子と老人は全員、北海道へ避難する命令が出た。お父さんとお兄ちゃんは樺太に残らねばならず、家族は離ればなれになる事が決まったの。それもとても寂しく悲しかったよ。お母さんはもっと悲しいはずなのに、とても気丈に頑張り続けた。だからこそ私もメソメソしてばかりはいられない。

大泊の港から二十日の早朝、出港が決まっていた。友達との本土へ引き揚げてからの連絡先の交換もいよいよ佳境さ。学校の教師になりたいみよちゃん、お医者さんになりたいちぃちゃん。ひろちゃんと同級の二人が揃って私とひろちゃんに会いに来た。二人は私達と乗る船は別々だった。私達家族は母の実家に行く事になっていて、その住所はひろちゃんが二人に渡してくれた。みよちゃんが言った。

「ひろちゃん、ともちゃん、ちぃちゃん、絶対にまた会うべな！　みんなバラバラになっちまうけど、必ず再会すんだからな！」

「うん、うん、みよちゃんもちぃちゃんも元気でな！」

ひろちゃんも泣いていた。

「みよちゃん、ちぃちゃん、今まで面倒見てくれてありがと。次に会う時は、二人に負けないくらい私も背丈は大きくなってんかんね」

「うん、ともちゃん、楽しみにしてるべ！」

「したっけねぇ」

「したっけぇ！」

北の言葉で「さよなら」って意味だよ。そう言って別れた。二人の背中を見送って私とひろちゃんは泣いた。あぁ、その時はみえちゃんが私達二人を慰めてくれたっけ。

そうして友達と別れたものの、まだ私は怯えていた。十九日のソ連軍の南樺太上陸の秒読み開始。二十日の避難船の出港。どちらが先かと怯えてた。この時間、何事もない事を祈った。長い時間に思えたよ。

戦争ってゆうのは狂気だよ。人間の心を根っからぶっ壊してしまう。そりゃそうだろ。味方も敵も、殺らなきゃ殺られるの極限の状態で戦ってるんだ。そんな状態で自分達が優勢になって、敵の砦のある市街地まで占領したらどうなると思う？　わからないかい？

あんたらも、学校の歴史の授業では何年に関ヶ原の戦いがあったとか、桶狭間の戦いがあったとかしか習っていないだろ？　そうか、映画やドラマで観た事あるか。でもありゃぁ、戦っている場面がほとんどだろう？　私達ゃあね、市街地を攻められた後のその惨劇だけを、子供の頃から聴かされ続けてきたんだ。何故かって、そりゃまさに当時は現在進行形だからさ。過去と同じ運命を辿りたくないだろうという洗脳だね。それなら戦え、それなら国のいう事を聞け、とね。国が戦う理由の正当化の為さ。少なくとも子供だった私達はそう感じている。だから自分達の本当にやりたい事も贅沢も我慢しなさい、と抑えられてきた。信じられるかい？　それが躾《しつけ》だったんだ。

私もさ、今こうして七十五年前の事を話している。この七十五年は、日本は戦争に巻き込まれる事もなく、平和で豊かになって文明も発展したね。そんな話を子供達に聴かせる必要もなくなった。でもその時代を生きた本人には鮮明に思い出せるものさ。

奇しくもね……終戦の一九四五年も七十五年程遡れば戊辰戦争や西南戦争があった。幕末、第二次世界大戦、現代。ちょうど七十五年周期なのさ。更に幕末は日本人同士が殺し合っていたんだよ。新撰組の土方歳三は京都から甲府、江戸、会津若松、仙台、そして函館五稜郭まで来て死んだ。北海道にも内戦の火の粉が吹きすさび、平和と新たな開拓地を求めて樺太に渡る人も多かったんだとさ。

やはり今の私と同じようにね、北の土地には函館の当時の記憶が残る老人もいる訳よね。ましてや戊辰戦争以降の七十年は、あんたらの生きる太平洋戦争後の七十年とは違い、日清・日露戦争、大戦も二度経験し、ずっと戦争続きさ。私が今、世界大戦を鮮明に思い出してあんたらに聴かせてるように、私達も幕末からの記憶が残る人生の先輩達に戦争の話を聴かされ続けてきた。

あれ？　何の話だっけ？　ついまた老人の悪いクセで長くなってしまったね。そうそう。

極限の精神状態で戦ってきた兵士が、敵国の市街地まで占領すればどんな行いをするかって話だ。

同じ民族同士の内戦といえどもね、みんな同じさ。戊辰戦争の時の会津若松の市街戦も酷かったんだ。戦争は狂気だよ。「殺らなきゃ殺られる」そんな戦場を進んで敵地を占領すれば、兵士達はずっと抑制されてきた「生きている歓喜」を現すんだよ。どんな方法でかって？　それが狂気でなんだよ。傍若無人さ。破壊と殺戮《さつりく》、略奪と陵辱《りょうじょく》。それを子供達にまで、具体的に想像できる程に刷り込ませていたんだ。もう一度言うよ。戦争は本当に狂気さ。

何だい？　永介、お前「陵辱」を知らないのかい？　言葉を知らないねぇ……ジャーナリストの端くれだろ？　ばぁちゃんはこれでも女だよ。女の口から言わせるんじゃないよ。強姦の事さ。でもね、それがゆき過ぎると何を意味するかわかるかい？　美樹もわからないだろうね。愛の結晶の子孫繁栄じゃない。その土地から、はけ口と暴力の末による民族の消滅だよ。国を守る事、家族を守る事……それは同義語だったんだ。あの時代までは……。

勘違いされちゃやだよ。今を批判しているんじゃぁない。あの時代が良くて、今がダメなんじゃない。忘れた訳じゃないだろ。私は平和主義者さ。子供達がそんな事を刷り込まれずに、それぞれのやりたい道に向かってゆける社会……それが当たり前な世の中、素敵じゃぁないか。それが当たり前じゃなかった時代の住人なんだよ。私ゃね。

お前まで何だい？　美樹。あぁ、そうか。話の続きだね。

私の昔話は八月二十日まで……とうとう追いついてしまったんだね。私ゃ無意識にその話をしたくなくて、つい脱線してしまうのかもしれないね。

その日は早朝から島の住民……といっても、さっきも話した通り老人を除いた十六歳以上の男性は島に残り、女・子供、老人達ばかりさ。もう樺太庁の大津長官の送還命令が出たからね。何千人という人が三隻の避難船に分乗して北海道へ向けて出港する手筈だったんだ。暗い内から、港は大勢の人混みで溢れていたよ。そして続々と集まり続けた。大勢の人間が、疎開列車やトラックを使ってね。

我が家も例外じゃぁなかった。先に出発する私達女四人を、父とお兄ちゃんが見送りに来てくれた。ソ連軍の侵攻は、もう樺太庁の役場のある豊原市まで迫ってきているという。今日にもまたソ連軍は進撃して来るだろう。そんな日だった。

父は力強く言った。

「春代《はるよ》(母)。この子達をしっかり頼むぞ。美恵子。妹達の面倒を見て、お母さんの力になってくれ。浩子。勉強頑張れよ。いつもみんなの中心にいたお前だ。お前なら立派な大人になれんぞ。朋子。お母さんやお姉ちゃん達の言う事よく聞いて、お前も人に優しい素敵な女性になんだぞ。お前は誰よりも優しい子だ。いいか。少しの間のお別れだ。お父さんと利夫も必ず生きてお前達の元へ向かうかんな」

みえちゃんもひろちゃんも本当は泣きたかったに違いない。いや、泣いていたかもしれない。でも父の声に皆、気丈に「はい」と返事していた。私は……嫌だ嫌だ、お父さんとお兄ちゃんと離れたくない、とダダをこねていたよ。もう二度と会えなくなる、そんな気がしてならなかった。いつもなら「メソメソするな！」と叱責するひろちゃんも、その時ばかりは何も言わなかった。やはり泣いていたんだろう。私の瞳は止まらない涙と、夜明け前の薄暗がりの中で、周りの景色が歪んで見えていた。

代わりに私を優しく慰めてくれたのはお兄ちゃんだった。

「朋子。約束すっから。お兄ちゃんもお父さんも必ず元気に生きて帰る。だから……泣いてちゃダメだろ？」

そう言いながら、優しく頭を撫でてくれていた。周りの家族も皆、残される男達との別れを惜しむ、似たような光景だった。ひろちゃんが言った。

「お兄ちゃん。待っててっかんね。ともちゃんの事は私に任せて。みえちゃんの事もお母さんの事も、みんな任せて！」

「さすがだな！　浩子！　頼むぞ！」

本当に離れたくなかった。それからまた時間は経過し、父はまた言った。

「春代、お前達。すまね。俺も鉄道の方へ戻らなければなんね。最後まで見送れずすまね……だが信じて待っててくれ。これは今生の別れじゃねぇかんな」

「はい。あなた。先に行って待ってます」

こんな時まで仕事だなんて、男は大変だとつくづく思った。

私達は父とお兄ちゃんと別れ、足取り重く桟橋を歩いた。私達は何度も振り向いて二人に手を振った。これは永遠の別れじゃない、そう思うようにしていた。ソ連軍もまた、鼻の先まで来ているという状況。本当に……本当に二人が無事で帰還する事を祈りながら。「小笠原丸《おがさわらまる》」という船は既に出港していた。その船には、お医者さんになりたいと言ってたちぃちゃん家族が乗船しているはずだった。

学校の教師になりたいみよちゃん家族は「泰東丸《たいとうまる》」、私達は「第二号新興丸《しんこうまる》」という船だ。本当は仲良しだった友達にも、もう一度会いたかったよ。でもこの大勢の人混みから探すのは困難だと諦めた。父に兄に、樺太で共に過ごした多くの友人達。いつか必ずまた会える。そう信じて。

小笠原丸には約千五百人、次に出港予定の第二号新興丸は約三千五百人、泰東丸には約八百人の島民が乗船した。私達家族が乗船する第二号新興丸が一番多く乗船する。元々は商業用の船だったらしいけどね、武装改造して、そりゃもう軍艦さながらだったよ。あぁ、もう面倒だから船の名前は新興丸でいいね。船に家族で乗り込む時、私は半分怖さも覚えたね。十二センチ単装砲、二十五ミリ機銃連装などなどの兵装が見えた。もちろんそれは後から調べた事だけどさ。子供だった私には「人を殺す兵器」ただ、そうとしか目に映らなかった。だから怖かった。それでも船首にある「新興丸」の文字に、どうか私たちを無事に稚内へ運んで下さい……そう祈ったものさ。

あぁ先にね、途中で行き先が変更になった事を教えておくよ。最初は稚内へ向かう筈だった。途中で無線通信が入ったみたいでね。先に発って稚内に到着した小笠原丸が千五百人の搭乗者のうち、八百人を下船させたらもうそれで稚内の受け入れ体制は限界だったみたいなんだよ。鉄道ももう対処し切れなくなったらしいよ。小笠原丸に乗ったちぃちゃんを想ったよ。無事に渡ったかなぁ……って。

それで小笠原丸の残りの乗船者も新興丸も、私達の後に発つ泰東丸も小樽に向かうよう、指示が出たみたいだ。私にすれば生まれたのは北海道でも樺太育ち。北海道での記憶なんかないからね。祖父母が戦前に樺太まで会いに来てくれた事はあったけどね。

父と兄はいないけど……それが家族で初めての船旅だった。悲しいじゃないか。初めての船旅が避難の旅だなんて。

出航前にはスクリューに網が絡まったとかね、トラブルもあったみたいだけどようやくね、港で大勢の人だかりに見送られながら船は出航したよ。

残る父とお兄ちゃんの無事を思いながら……だけど心の半分は、渡る北海道での新しい生活に平和の希望を感じもしながら。お母さんやみえちゃんには、明日から何をすればいいかもわかんない不安の方が大きかったかもしれん。まるでさっきから「子供だった」事を言い訳にしてるように聞こえるかもしれないけど、やっぱり子供はいいね。無邪気に希望を感じているんだから。側に立っていたひろちゃんに言ったんだ。

「ひろちゃん、お父さんもお兄ちゃんも、大丈夫だべか」

「大丈夫だべ。次に会う時までともちゃんは泣き虫を治さねーとね」

また手を繋いでくれたよ。母が声をかけてきた。

「ほら、あんた達もお母さんからはぐれんでねーぞ」

私達は甲板にいたんだよ。三千五百人乗った船は四つある船倉もギッシリで、甲板の上も人で溢れていた。大勢の人が蠢く中を、私達も甲板の上で過ごす事になったの。陸が離れてゆく。やがて船は、水平線だけに囲まれて、私は海の広さを思い知るんだ。

私達四人の隣りには、よしこちゃんという二〜三歳の幼児と、そのお母さんが二人で座り込んでいた。お母さんの年齢はみえちゃんと同じくらいか、もう少し歳上に見えた。そんな訳もあってか、みえちゃんとそのお母さんはすぐ親しくなって話していたよ。

「ご主人はどんなお仕事されていたんですか？」

「漁業関係です」

そんな他愛もない話さ。会話に乗った、みえちゃんの声が聴こえてきたんだ。

「このお子さん達が成長する未来には、みんな平和で明るく暮らせる世の中になれるといいですね」

などとね。あぁ、やはりみえちゃんも、私の姉だな……嬉しかったよ。

そうか。ははは、みえちゃん、久しぶりに話題に登場したってかい。ひろちゃんの話ばかりだったからね。でもあんた達もみえちゃんがどんな人だったかはわかるだろ。あんたらには、ひろちゃんがどんな人かを知らせたくてね、ひろちゃんの話を中心に聴かせているのさ。私とひろちゃんは、よしこちゃんの遊び相手になっていたよ。可愛いかったよ。

「とーもーちゃ！　ひーろーちゃ！」

と、私達の名前を覚えて呼ぶんだ。

子供にすれば長い船旅は退屈そのものだろ。ジャンケン遊びをしたり、人混みの合間をぬって狭い範囲で追いかけっこをしたり、私達二人が交代で抱っこして水平線の彼方を見せていたりしたよ。すごく私達に懐いてくれた。樺太では今、何が起きているか知る由もなく、ただ無邪気に遊んでいる。その姿を見ているだけで、私達家族のささくれ立ちそうな心も癒された。

母は言った。

「ひろちゃんも、ともちゃんも、もちろんみえちゃん、あんたにも。あんな時期があったんだよ」

ひろちゃんは冗談交じりに言った。

「私、妹を泣き虫のともちゃんより、よしこちゃんと交換しよっかなぁ！」

私は「やだ！」と言ってたね。ただ、私にも妹が欲しいなと思った。

みえちゃんが言った。

「私もね、十二歳の頃にともちゃんが産まれて、ひろちゃんも二歳で、今のあなた達みたいに可愛いがっていたもんだよ」

よく考えるとそうだ。みえちゃんに私やひろちゃんみたいな歳の差の妹が出来た時、こんな感じで遊んでくれていたんだろなと想像した。何せ本人の私にはそんな記憶はないからさ。私達は、みえちゃんの十二歳の模擬体験をしているのだ。

やがて日が暮れ、よしこちゃんは遊び疲れてうたた寝を始めた。雲行きは怪しかった。そして雨が降り出してきたんだ。みんな雨を避けられる所へ移動しようとしたけど、そんな場所は限られて狭い。よしこちゃん親子は優先させた。あとはみんな、毛布を頭から被ったりして凌いだ。そう……船内はもう人で一杯だったしね。三千五百人の乗り合う船。

もちろんね。雨もいつかは止む。でもね……その雨が止んでから、私の【やまね雨】が始まるのさ。

第五章

八月二十二日、まだ早朝。

雨上がりの空は今にも再び降り出しそうで不安定だった。何よりも参ったのは海の時化《しけ》だ。その揺れに耐えられずに酔って甲板に吐く人も多くいた。私達家族もそうだった。私やひろちゃんもこんな長い船旅は初めてだし、母やみえちゃんも戦時中はずっと樺太から出ていない。久しぶりだったんだろね。私も出航前に炊き出しの人に頂いたご飯は全部吐いてしまったんじゃないかな。

よくさ、「気持ち悪くなったら、トイレで吐きなさい」というだろう？　そんな余裕なんてあるもんか。船には三千五百人も乗っているんだ。行列でトイレが空くのを待っている間に吐いてしまう。その行列に向かう途中で吐いてしまう。甲板にいた人達は揺れだけでなく、雨に濡れた事や湿気にもすっかり弱っていたんだろね。

隣のよしこちゃん親子もすっかり参っていた。お母さんはよしこちゃんを抱きしめながら座りこんで、頑張ってねぇ、もうすぐだからねぇ、と声をかけ続けていたよ。

北海道北端の稚内であればもうとっくに着いていたであろう時間だったけどね、小樽に変更となったもんだからさ、移動は長引いた訳だろう。おまけにこの海域は浮遊機雷もどこにあるかわからない。それは敵がまいた物かもしれないし、この新興丸もまいていたってんだからね。慎重な航海を余儀なくされていたらしい。後から知った話だけどね。

そんなよしこちゃんのお母さんの「もうすぐだからねぇ」を聞いた心ない誰かが「んな事言ってもねぇ……今は留萌《るもい》沖。まだまだだよ」と呟いていた。みんなイライラしていたのさ。

そのうち何だかね、乗組員の兵隊さん達の動きが騒がしくなってきたんだ。元々ね、右舷、左舷と浮遊機雷を注意深く警戒する見張り員はいたけど、その警戒ぶりのね、空気の張り詰め方が変わってきていた。

みえちゃんがコソリと聞いた話だとね、敵艦に警戒せよって話だったらしい。先を進む小笠原丸にも何かあったんじゃないかとね……甲板の上の人達もにわかにざわつきだした。

私もね、一気に緊張したよ。ひろちゃんがいつものように手を繋いでくれた。その手は一層力がこもっているように感じた……ひろちゃんも緊張していたんだね。そして私はその手の強さを一生忘れない……。

そのうち、前方に船らしき影が見えてきたんだ。

永介。すまない。お茶のお代わりをくれないかい？　少し休憩させとくれ……。

前方の船らしき影……敵？　味方？　そして見張り員が何か叫ぶ声が響いたんだよ。

「らいせきぃ‼」

私達にその言葉の意味はわからなかった。

『ドガァァァァーン‼』

とてつもない爆音と、時化の揺れとは違う……そう、あれは震えだ。船の上なのに陸の上で感じる地震のような震えが足元を襲った。

「お母さん！　何⁉　今のは何⁉」

みえちゃんもひろちゃんも、母に詰め寄った。私はただ、訳もわからずにいたよ。だが母も何事かわからない。甲板の上はたちまちパニックさ。

誰かが叫んだ。

「魚雷攻撃だぁ！　船倉にでっけぇ穴が開いたぁ！」

その叫びにもうね……戦慄が全身を駆け巡ったよ。何が起きたのか訳もわからずにいたけど、直感は「この船は沈む！」と、危険信号を発していた。「逃げなきゃ！」とも思った。思って「どこへ？　ここは甲板の上だ」と思い直させられた。つまり思考も私達の身体も、もう行き場がなくなっていたんだ。

後から調べたよ。見張り員が叫んだ「らいせき」とは魚雷の「雷」に史跡などの「跡」の文字で「雷跡」。魚雷が発射され、船に向かってくるのを確認した、という意味の言葉だったんだ。

二人とも、いいかい？　ここからはもう、私の実体験も後で調べた内容も、混合して説明する事を容赦願うね。今みたいな「いちいちの説明」は省かせてもらう。大事な事はそんな事じゃないからね。何があったかだけをその胸にとどめて欲しい。

甲板の上に呆然と立ち尽くしていると、グラッと船体が右に傾いてゆくのがわかったよ。やがて阿鼻叫喚《あびきょうかん》の呻き声が風に乗って聞こえてくる。どこから？　ゆっくりと首を海に向けると、大きな風穴の開いた船体から、船倉にいた多くの人が海に吸い込まれてゆく所だった。キャーキャー、ワーワー、助けてくれぇ……何も出来ない自分が本当にもどかしかったよ。ところが次の危機は、雨や吐いた汚物で濡れた甲板の上よ。船首が前方に傾き、ここでもまた多くの前方にいた人達が滑り落ち、海へ飲み込まれてゆく。

キャーキャー、ワーワー。右も前も。

皆、何かに掴まり、海への落下を阻止せんと必死の形相《ぎょうそう》だった。私達家族は傾く甲板の上で、私が怖がっていた砲門の陰に身を保っていた。今度は自分達の船からラッパの音が鳴り響くのが聞こえてきた。乗組員達に戦闘配置につけという合図だった。私は両耳を塞ぎ目を閉じた。その片手をひろちゃんがまた取った。

「ともちゃん、手を離さないで！」

海の向こうから「トコーン」という音が鳴ったかと思うと、ヒュルヒュルヒュルという空を裂く音が近づいてくる。

次の瞬間。

『ザッパーーーーーーーン！』

見下ろす近くの海に水柱が立った。怖くて怖くてたまらなかった。遠くに潜水艦が浮上していたのが見えた。前方に見えた船影のような物……それが正体だった。

ドコーーン！　ヒュルヒュルヒュル……。

ドコーーン！　ヒュルヒュルヒュル……。

ドカーーーン！　ドカーーーン！

船に当たりだした。その音響の凄まじさたるや、腹の底まで揺るがし続けていたんだ。


ベチャッ。

近くに何かが吹き飛んできた。それが何なのか、ゆっくりと閉じていた目を開いて確かめた。人間の腕だった。息を飲んだ。

ベチャッ。ベチャッ。

続け様に降ってくる肉片や体の一部。たまらず私はギャーーーと声を上げた。ひろちゃーん！　みえちゃーん！　お母さーーん！　と。
放たれた弾の一つは、船のデリック・クレーンに命中した。その爆音もまた大きくてね、私はバラバラの人の体から目を背けたかった事もあり、そちらに向き直ったの。粉砕されたクレーンの鉄骨が甲板に降り注ぐ瞬間だった。その鉄骨は、海に投げ出されず甲板に踏みとどまった人達の上に落ちてゆく。鉄骨にグシャリと圧し潰される者、串刺しになる者、半身を分断される者……あちこちで血しぶきが飛んでいたよ。どこを見ても地獄絵図さ。

ヒュルヒュルヒュル……ドカーーーン！
ヒュルヒュルヒュル……ドカーーーン！

弾が降ってくる。
肉片が降ってくる。
鉄骨が降ってくる。
甲板の上は真っ赤な血の海と化していた。私にゃね、本当に恐怖の雨に思えたんだ。

「ひろちゃん！　みえちゃーーーん！　血の雨が！　血の雨がやまね！　やまねぇよーー！　やんでぇ！　やんでよー！　このやまね血の雨やませてよーー！　お母さーーん！」

私はこの惨状を、夕立みたいに強く降る「雨」だと思いたかった。そう思いたかった事をこの歳になった今も覚えている。現実逃避したかったんだろうね。そして、本当に止んで欲しかった。後にも先にも、あれほど止んで欲しいという豪雨はないだろう。美樹、それが私のブログのタイトルの由来だよ。

「ともちゃん！　手ぇ離すなよ！」

みえちゃんもそばにいた。

「あんた達！　こらえるんだよ！」

ようやくこちら側も反撃が始まった。見ると弾薬庫から、兵隊さんも民間人も協力して弾薬をリレーで運んでいる。最初の魚雷攻撃で、弾薬庫の鍵を持つ兵隊さんが犠牲になったらしかった。それで誰かが弾薬庫の扉をブチ破ったんだろうね。反撃に時間を要したのは、そこからの運搬に手間取っていた事情もあったんだ。

新興丸も、十二センチ単装砲、二十五ミリ機銃連装、他にも積載されているあらゆる武器が火を吹いた。

ドゴーーン！　ドゴーーン！　ドゴーーン！

ドカーーーン！　ドカーーーン！　ドカーーーン！

ザッパーーーーーーーーン！

ズッカーーーーーーーン！

爆音の雨は、新興丸からの発射音、敵の弾が命中し破壊する音との二重奏となり、ますます激しい土砂降りとなった。そして新しい雨音も加わるんだ。

タタタタタタタタタタタタタタタタタ！

こちら側からも機銃の一斉掃射の雨も始まった。敵艦はどんな状態なのかはわからない。

「伏せろーーーっ！」

甲板の上の人達に兵隊さんからも指示が飛んだ。その指示が行き渡ったようで、甲板にいる生き残りの民間人達も皆伏せた。そうさ、船倉に退却した所でそちらも人で溢れているし、開いた穴から海水も多く流れ込んでいる。

「あなた達はここにいなさい！」

母は私達三姉妹にそのまま単装砲の台座の影に身を屈めているように指示した。母もそのすぐそばで伏せていた。よしこちゃんもお母さんにおぶられて親子で伏せている。


タタタタタタ！　タタタタタタタタタ！

掃射も止まない。船に伝わる衝撃も、もはや大砲なのか魚雷なのか判断はつかない。右に傾いたままの船体が震える度に、軽い私の体は放り出されそうになった。その都度、ひろちゃんの握る手に力が込められ、みえちゃんに抱き戻された。私ももうその頃には泣いちゃいないよ。心はもう壊れていたんだ。向こうの機銃の掃射が一瞬止んだ隙があった。

「今のうちに！　船内へ移動出来る者は移動せよ！」

兵隊さんの声が響いた。よしこちゃんのお母さんが立ち上がるのが見えた。私達も後を追った方がいいのか、母の判断を仰ごうと母の顔を覗いた。その直後だった。

タタタタタタタタタ！

「ギャッ！」

非情な叫び声が私達の耳にも届いた。

「よしこ！」

よしこちゃんのお母さんは、座り込んでよしこちゃんを床に下ろし、抱き直した。弾がよしこちゃんの背中に……。

「よしこ！　よしこ！　よしこーーー！」

掃射が再開する中、お母さんの悲鳴が……。


ごめん。私まで泣いていたら、あなた達にすべてを伝えると決心したのに……。役目を果たし切らないとね。


お母さんはずっとよしこちゃんに声をかけ続けていたよ。そして私達の場所からもよしこちゃんの顔がどんどんと蒼白になってゆくのがわかる。

「よしこ！　ほら！　もうすぐお父さんに会えるよ！　もうすぐみんなでご飯よ！　よしこ！　ほら！　頑張って！　美味しいご飯が待ってるよ！　貴方の好きなご飯の時間よ！

た。

よしこ！　よしこ！　よしこ！」

私もひろちゃんも、母もみえちゃんも、その一部始終をただ見つめる事しか出来なかっ
「よしこ！　よしこ！　よしこ！　ごめんなさい！　お母さんのせいよ！　よしこ！　よしこ！　ごめん！　ごめんなさい！　よしこ！　よしこ！　私が！　私がぁぁぁ！　よしこ！　あなたをおぶってさえいなければ！　いなければぁぁぁ！　あぁぁぁ！　よしこ！　よしこぉぉっ！」

慟哭《どうこく》の雨も止む事がなかった。


ドゴーーン！　ドゴーーン！

ヒュルヒュルヒュル……ザッパーーーーーーーーン！

そばでよしこちゃんの亡骸を抱きしめて、泣きわめくお母さん。

「ワァァァァァァァ！　ワァァァァ！」

おびただしい血で赤い甲板。クレーンの残骸。数えきれぬ程の遺体の山。それも、船首

の傾きと戦闘の衝撃で何体も海に飲み込まれてゆく。兵隊さん達はそれでも残された命を守る為に砲撃を続けていた。

　私達家族は抱き合ったまま、目の前で二歳のよしこちゃんが犠牲になったのを目の当たりにして、すっかり身体が固まっていた。その時、甲板で知らない誰かが一人、立ち上がって歌を歌い出したのさ。

「きぃみぃがぁぁよぉはぁ……」

　次の小節に続く人もいた。自分達の闘志を奮い立たせようとしたのか、恐怖を紛らわせたかったのか。そのどちらともなんだろうね。私はまた目を閉じて、その歌声を聴きながら学校の音楽の授業を思い浮かべようとしたよ。そして囁くような小さな声で、私も合わせて「君が代」を歌った。ひろちゃんも歌いだした。続いてみえちゃんも。

　歌い終えて……目を開けばあの学校の教室だろう。教台に先生が立ち、周りはクラスメイトに囲まれて、そして新興丸の出来事はすべて夢なんだ……そう思いたかった。目を開けた。やはりその惨劇は夢ではなかった。


　私は母、みえちゃん、ひろちゃんに尋ねた。

「血の雨……いつ止むの？」

「雨……止まないね……」

雨なんかじゃない。この戦闘は現実で、けして雨なんかじゃない。誰の目にも明らかなのに、みえちゃんが私に合わせて答えてくれた。

「死なないよ！　死んでたまるか！　お父さんとお兄ちゃんと約束したんだ！」

ひろちゃんが叫んだ。

「ここにいても危険なだけよ！　船内に避難しよう！　ね！　お母さん！」

「そだね。ここは危ね。まずひろちゃん、ともちゃんを連れて、体を低くして先に階段の入り口まで行って。みえちゃんとお母さんも後から必ず行くから」

ひろちゃんはまだけして「生」を諦めていなかった。私は……あの時の私はどうだったんだろう。もうダメだ、ここで船も沈み、私達は父やお兄ちゃんに再会する事も出来ずに死ぬんだ……そう思っていたのかもしれない。とにかく呆然自失としていた。現にその数分前に、よしこちゃんが息絶えてゆくのを見ていたばかりだ。足元がすくんでいた。

「ほら、次に攻撃が弱まった合間に階段の所まで行くよ！　ともちゃん！」

そんな私の背中を押してくれたのは、やはりひろちゃんだった。

「ともちゃん。ひろちゃんが付いてくれれば大丈夫でしょ？　ひろちゃん、私もすぐ後を追うよ。本当に気をつけて」

みえちゃんも言ってくれた。私はもう一度、枯れかけた勇気を出そうと思った。

ひろちゃんは勇敢だった。宣言した通り、次の掃射が止んだ合間に、私の手を強く引き、体を屈めて駆け出した。泣き続けるよしこちゃんのお母さんの横も走り抜けた。

船倉へ降りてゆく階段までは二十メートル程なのに、やけに遠く感じた。船体が傾いているせいもあるかもしれない。とにかく無我夢中だった。

タタタタタタ！

また機銃掃射の音が鳴り出した。撃たれるかもしれない……どうにでもなれ！　そんな考えもよぎりながら、ひろちゃんに手をグイグイと引かれ、振り向かずに走った。無我夢中で走った。もう……ただひたすらにね。何体も横たわる亡骸《なきがら》につまずきながら……踏みつけながら。そうして出入り口の鉄の扉を開け、階段まで辿り着いた。

それから一～二分くらい経ったろうか。とても長い時間にも思えたけどね、次の機銃掃射の合間にみえちゃんとお母さんも辿り着いたの。扉を閉めると外の戦闘音が少しだけ遠のいたように感じた。四人がまた無事に揃った事を確認して、ひろちゃんは言った。

「さぁ、船倉《した》に降りよ！」

四人で階段を降りだし、三段目にさしかかった所で私は……腰から崩れだし階段に座り込んでしまった。戦闘から離れられた安心感か、恐怖かもわからない。立てなかった。ひろちゃんも油断していたね。繋いでいた手が離れたよ。

「どうしたの!?　ともちゃん！」

「やだ、もうここでいい」

「何言ってるの！　こんなトコじゃ、大きな大砲打たれて吹き飛ぶかもしんねんだよ！」

「もう、私、走りたくないよ」

頭の上から母とみえちゃんも私に声をかけた。

「ともちゃん、ひろちゃんの言う通りよ。多分、船首の方の船倉は水浸し。船尾の方へ進めば大丈夫よ」

「やだやだ！」

「ともちゃん！」

ひろちゃんが手を振り上げた。叩く前ふりだ。本気で叩かれた事はないけどね、ひろちゃんが私を怒る時、いつもこの仕草をする。でもこの時、私は叩かれようと何をされようと、本当にヘトヘトだった。みえちゃんが、本当に私を叩くのかと思って声を張り上げた。

「やめなさい！　ひろちゃん！」

でもね、その時のひろちゃんは、そんなみえちゃんの懸念もよそに、私の顔の前に手を差し出しただけだったの。そう、握手を求める感じよね。

「さぁ、ともちゃん、もう一度この手を繋いで！」

そのまま私は、その手を受けずに座り続けていたよ。何十秒くらいかな。外の戦闘の音はまだ止まぬ中、私達四人はその場で動かずにそうしていた……。


「あっそ」

ひろちゃんは手を下げた。そして背を向けて階段を降りていったの。割と長い階段よ。

「あとはみえちゃん、ともちゃんの面倒を見てね」

拗ねたようにそう言った。

階段の下は広い吹き抜けになっていて、船首の方と船尾の方へ繋がる通路があったの。そして互いの方向にはまた鉄の扉も見えたよ。船尾へ向けて避難で走ってゆく人達もいた。

みんな急いでいた。ひろちゃんは階段を降りきって振り向いたよ。

「お母さん！　みえちゃん！　早く！」

その直後だった。


ベキベキ！　ガッシャーーン！

ドドドドドドドーーーーッ！


船首側のその扉をぶち抜いて、もの凄い轟音と共に大量の水が流れ込んできた。恐ろしい、津波のような……暴れ狂う巨大な龍みたいに。ひろちゃんが驚いたような表情を見せたのも一瞬で、たちまちその水に飲み込まれた。

「ひろちゃん！」

私ゃすかさず立ち上がったよ。そして階段を降りようとした。

「あぶない！」

母とみえちゃんが私の体を止めたの。でも私は必死に振りほどこうとした。そして今度は私を止めた母も「浩子！」と叫んで階段を降りようとした。みえちゃんはそんな母の体も抑えた。水は真っ黒で、そして凄い勢いでその吹き抜けになってる空間でゴウゴウと渦を巻きだした。水面から時折、人の体の一部が見え隠れする。何人か飲み込まれていたはずだ。

私はまだ諦めたくはなかった。そのどれかの手を繋いで引き上げれば、ひろちゃんが……ひろちゃんが……水位はどんどん上がっていった。

「ひろちゃん……ひろちゃん！　ひろちゃーーん！」

「浩子！　浩子～！」

水流の轟音にかき消されながらも、私と母は叫び続けた。みえちゃんは……本当はみえちゃんも叫びたかったに違いない。でも今にも後を追いそうな私と母を力一杯取り押さえている事で、声も出せなかったんだと思う。

そして一瞬。ひろちゃんの上体が水面から顔が出た。顔から血を流し、変形していたようにも見えるけど、私がひろちゃんを見間違える訳がない。もの凄い水流と渦の中で、船内のあちこちに体をぶつけているに違いないんだ。目はうつろだ。

「ひろちゃん！」

「浩子！」

私も母も同じ思いだったろう。今にも飛び込みたかった。みえちゃんの制止さえなければ。グルグルと渦を巻く中で、もう一度、ひろちゃんの上体が出た。何か言った。口から水を噴き出しながら。

「生ぎろ！」

私にはそう聴こえた。ひろちゃんの最期の言葉は断末魔などではない。私達に「生きろ」そう言った。

「ひろちゃん！　ひろちゃん！　やだやだ！　ひろちゃん！　やだ！　死なないでー！」

力の限り叫んだ。ひろちゃんの姿は二度と水面の上には現れなかった……


やがて渦は収まるも水位は上がり続け……私達の立つ階段の上から三段目。そのすぐ足元まで上がっていた。そこが九死に一生を得るボーダーラインだったんだ。

私達三人はそこに座り込んでいた。ついさっきまで四人でいたのに……三人だ。誰も口を開く者はいなかった。またしても私は……夢じゃないかと思った。夢なら覚めて……心からそう祈った。

外ではまだドカン、ドカンと戦闘の音が鳴り止まない。
「不条理」は、私から……大切な姉を奪い去っていった。

⌛

本当にね……　あの歌と同じさ。何でもないようなありふれた日常は幸せだったんだ。
何でもないような……家族がみんなでいる事が。

⌛

どれ程の時間が流れたろう。ザッパーーーーンという、大きな水柱が立つような爆発音が再び聞こえ、暫くして甲板に歓声が湧いた。そしてそれ以降、砲撃の音は止んだ。私達親子もフラフラと甲板にまた出た。

海上には黒い液体が広がっていた。おそらく重油だろう。乗組員の兵隊さん達が、敵の潜水艦を撃沈させたと言っていた。どうやら……私達は助かったらしい。その事はわかった。

「終わったのね……」

みえちゃんがボソリと言った。それに対して母は黙って頷き、膝から崩れて、そして激しく泣き出した。私もつられて母に抱きついて泣き出した。私達が助かる事と引き換えに、大きな犠牲を払った。私達の上から、私達を包み込むようにしてみえちゃんがかぶさり、そしてみえちゃんも泣き出した。

涙が枯れるまで……三人で泣き続けた。

⌛

何とか損傷を免れた新興丸は、小樽行きを断念し、そこから一番近い留萌港へ向かう事になった。だけどね、水もたっぷりと含んでしまい、船も元々の十二ノットというスピードはもう出せなくなっていた。五ノットという通常の半分以下のスピードで海を進んでいたらしいよ。留萌に着岸すると一斉に乗員は下船させられた。

母はひろちゃんの捜索を申し出たけどね、それは叶わなかった。船首部分は沈んでいったんだよ。


生死を分けた階段の三段目。私に力があったなら……ひろちゃんが差し伸べた手を取り、階段を降りないと強く彼女を引き寄せていたなら……あんな事にはならなかったのに。私は自分を責めた。いつも手を繋いで離さなかったひろちゃんの手を、私から離した。母も別のタラレバを口にした。いや、私がそもそも船内へ行かせようとしなければ……と。

そして母は、みえちゃんをも責めた。何故、あの時行かせてくれなかったの？　と。みえちゃんは泣きながら言った。

「お母さん、お母さんまでいなくなったら、お父さんも利夫も悲しむでしょ。あの時……お母さんまで逝ってしまったら……ともちゃんまで行こうとしてたじゃない。二人にまで逝かれたら……私一人ぼっちじゃない。私一人で……私一人で……」

そう言ってあの一番年長の姉のみえちゃんも激しく泣き出した。

悲しみはまだ続きがあったのよ。

新興丸が攻撃を受ける一時間前、朝の四時頃。ちぃちゃんを乗せていた小笠原丸もやはり潜水艦の攻撃を受けて沈没。

更に九時頃、みよちゃんが乗ったはずの泰東丸も潜水艦の攻撃を受けて沈没。

ちぃちゃんはお医者さんに。みよちゃんは学校の先生に。ひろちゃんは女の政治家に。

それぞれなりたいと願った夢は永遠に叶わなくなったんだ。一日で枯れ落ちる浜茄子の花みたいにね、彼女達の花もあの夏……散ったんだ。

最終章

それからというもの、私達家族は母の実家で世話になったんだ。母の弟……私とみえちゃんからすれば叔父だね。美樹も会った事はあったかなぁ。義雄叔父さんに蔵を分け与えてもらったんだ。そこで母は漁業手伝いで、みえちゃんはやはり裁縫の仕事で、生活を繋いだよ。

あぁ、その時にさっき教えた「デノミ」ってやつね。それも日本では行われたのさ。あれも世の中を変えちゃう大変な事さ。簡単にいうとね、国民全部の預金を封鎖して、新しい通貨に切り替えるようなものさ。そしてね……新しいお金の価値をグンと下げちゃうんだ。合わせて物価が上がる。旧通貨の価値は……新通貨に換算するとグンと価値が下がってしまうんだよ。わかりづらいかい？　例えばね、今の一万円が一円くらいの価値に下がるのさ。何故そんな事をしたかって？　そりゃね、永介。戦争で日本はもの凄い借金が残ったからだよ。あぁ、もしかしたらあんた達には「ハイパーインフレ」と呼んだ方が伝わるかねぇ。

さぁ、二人ともこれでわかったかい？　これが最初に言った「平常時ではない、世の中を変える四つの有事」のすべてで、これが中でも最大の不条理の「戦争」さ。おさらいするよ。

まず一つ目に今みたいな疫病のパンデミック。

二つ目に震災、台風、豪雨などの天災。

三つ目に急激な革命や政変。最近の言葉じゃクーデターだね。

そして四つ目。一番地獄なのは戦争さ。


まだみえちゃんが生きていた頃……美樹にみえちゃんが言った事があるだろ。

「私達姉妹には、恐怖が欠落している……怖いものがない」ってね。

そりゃぁそうだろ。その四つの不条理のうち、ミエちゃんは三つ、私ゃすべてを経験した。その中でもね、一番地獄の戦争を一番最初に経験している。本当はどれも比べる物じゃないけどね、「人が殺しあう正義」という狂気が私ゃ一番地獄だね。命さえ落とさなければさ、何かに挑戦するのに失敗したらどうしよう……などと感じる恐怖なんてね、すべて幻想だよ。


私達が留萌に着いてから二年の歳月が流れ、父とお兄ちゃんも樺太から引き揚げてきた。

樺太に残された人達の苦労も聴かされたよ。

私達が海の戦場で味わった戦闘を、後から「三船殉難事件」と呼ぶんだけどね。それがあって結局、島内すべての婦女子・老人の送還は断念したんだよ。日常茶飯事の強奪、強姦……女性は身を守る為に男装したり、島に残る朝鮮人と結婚したりで生き延びていった。もちろん恋愛結婚なんかじゃぁないさ。そんな樺太から父と兄が二年で戻ってこられたのも奇跡さ。ありがたかったね。家族は五人になったけど、父と母は新しい家を建てて引っ越し、私達はひろちゃんの供養を続けながら新しい出発をしたのさ。

それからは美樹もわかるだろ。今に至る、だ。

私も成長し、みえちゃんとも大人の会話が出来るようになってきた。そこで誓った事があるんだよ。私はずっと、ひろちゃんに手を繋いできてもらった。そしてあの時、ひろちゃんの手を取らなかった。これからは一人一人、浜茄子の花達が私の差し伸べる手を必要とするなら惜しみなく手を出してゆくよ……とね。みえちゃんも賛同したよ。なんて事はない。私が若者を援助してきた理由なんてそんなもんさ。

ひろちゃん……みよちゃんやちぃちゃん……未来ある大勢の不条理な死……生き残ってしまった私の免罪符にしたかったのかもしれないね……。

どうだい？　スッキリしたかい？　私はあんたらに話す事で、ひろちゃんの供養が出来たようですっかり心が浄化したよ。ここまでで回収し切れていない疑問はあるかい？

え？　何？　一九九五年の私とみえちゃんの北海道旅行？　あれから私が自叙伝執筆を止めたって？　美樹、よく覚えてたね。あんたもさすがにこの家の血を継いでるね。

察しの通り、あの年の私とみえちゃんの旅行の先は留萌だよ。ひろちゃんの供養の旅さ。わからないかい？　一転して鈍いねぇ。終戦が一九四五年。そしてその年、一九九五年は？そう、ひろちゃんの五十回忌さ。さらに今年は終戦から七十五年だ。運命を感じるね。「幕末の戦」から七十五年ほどで「太平洋戦争終戦」、更に七十五年で「今」だよ。

あの時ね……みえちゃんに「自叙伝を書くよ、そしてこの樺太の話もひろちゃんの事もすべて書くよ」と伝えたんだ。留萌の沖を眺めながらね。ところがみえちゃん、あの分からず屋め。反対しやがってさ。ひろちゃんの事は私達の胸の中に……墓場まで待ってゆこう……なんて言いやがったよ。みえちゃんも何言っているんだろね、不倫の秘密じゃあるまいし。なぁに、口悪く言ったって構わないさ。時効だよ。

それでなのよ。みえちゃんが亡くなった後にね、ここぞとばかり、永介にブログやらSNSやらコッソリと教わりだしたのは。もう私の好きにさせてもらおうと思ってね。

え？　何だい？　永介。最後に今の人達に伝えたい事があるかって？

そうだね……。

「人生、早いし儚いのよ。こうして不条理に幕を下ろす事もあるの。だから一瞬一瞬、やりたい事を一生懸命やらなきゃ。もっと生きたかったのに、不条理に犠牲になった人の分までね」

そう伝えたいね……。

ところで東京オリンピックの話をしてくれと言っていたね。悪いけど私ゃもうこれで胸が一杯だよ。

もうこれで何も思い残す事はないよ……。


あ……ごめん！　前言撤回！　思い残し……あんたらに一つずつまだあるわ！

母は私達にすべてを語る事で、ブログもやめ自叙伝執筆を完全に断念した。しかしこの戦闘……三船殉難事件（小笠原丸、第二号新興丸、泰東丸のソ連軍〈と思われる〉潜水艦による襲撃）と、ひろちゃんとの思い出を語り継ぐ事を諦めてはいない。そう、あの話を私達に聴かせたのは、母の巧みな永介への扇動だった。

母の思い残しの一つ。

「どうだい、永介。あんたはただ、雑誌の記事を書くだけでいいのかい？　私ゃ四年かけてわかった事がある。それはね……文章力がない事だよ。あんたはここまでの話をレコーダーに録音したんだろ？　あんたが私に代わって書きたくないかい？」

まさか、やりたい事をやれよ、のメッセージの後にそんな事を訊かれて、永介も断りようがないだろう。同情する。

思い残しの二つ目。それはみえちゃんと母から私に向けられた。

「みえちゃんの和裁の専門学校、今は人に任せている。みえちゃんがとても信頼していた片腕的存在だった人だよ。いや、私も信頼しているよ。実はね、私はその専門学校の名ばかりの会長をやっていてね。みえちゃんなき今、私が大株主さ。そして今、経営を任せているその人も承諾しているのさ。私もその人も、あんたが経営をしたいと言い出したら、経営権をあんたに譲るという、みえちゃんの遺言の条件をね。もちろん、公的な力がある遺言さ。

どうだい？　やってみたくはないかい？　お前もアパレルの店長をやっていたんだ。財務諸表くらい読めるだろう？　それにその業界で積んできた経験は必ず役に立つはずだ。これから四十代、五十代のリストラは拍車がかかってゆくよ。再就職先だって簡単に見つからないだろ。デジタル化とか、難しい事は私はわからん。でもね……経営だけは人工知能なんかじゃダメさ。人がやらねば。

もちろん、条件はある。お前がやりたいと言い出すまで、その人が留守番してくれていたようなもんだ。だから、最低一年間はその人の元でしっかり経営を学ぶ事。そしてお前が社長……というか、校長というべきか。そこに就いたらその人を会長、私は晴れて隠居だ。どうだい？　やりたいか？」

やれやれだ。母はコロナ・ショック以前から、アパレル業界の衰退をアプリでの個人売買などの台頭や、若者の物欲減少などからとっくに予測していたらしい。

もちろん、アパレル業は必ず盛り返す。私は今もそう信じてはいる。でもその為の知恵も、ベテランの経験則より若手の自由で創造的な感性から生まれてゆくだろうと母は言っている。そんな事、私にすれば遠回しに「もうお前じゃないよ」と言われているようなものではないか。

答える時間をもらって、私も永介も最終的には母の話を受けた。久しぶりに意欲に満ちている。

今日も私はキッチンでコーヒーを淹れ、自室に戻ってオンラインでその人から経営の講座を受けねばならない。来たるアフターコロナに向かって。

そう、母はコーヒーよりお茶が好きだ。たまにはお茶でも注いで、部屋に運んでやるか。

母の部屋をノックした。「はーい」と返事がする。

「入るわよ、お母さん」

ドアを開けると母はベッドでこちらに背中を向けて横になっていた。

「お母さん」

母はノソリと体を向け直し、私の顔を見つめてニコリと微笑んだ。そして私に向かって言った。

「ひろちゃん！　手ェ繋ご！　雨は止んだから、浜茄子さ見に行こう！」

ゆっくりと手を差し伸べて。

〜完〜

そう思えば
そう
©Akihiro saeki
RISA

締切ギリギリに編集を済ませ、仲間と軽い打上げで飲んだ帰り道、深夜の家路。誰が待つでもない自分の「巣」へと僕は歩いていた。それ程酔ったつもりはない。意識は冷静だったと記憶している。気付くと辺りはまったくの無音だった。眠らないこの街でずっと生きてきた僕にとって、こんな夜は初めてだったといえよう。

実際には少し違う。

下町から新大久保へ。そしてまた下町へ。流浪の少年時代だった。子供の頃は確かに、ここから割と近所の木場に住んでいたのだった。

僕は幼い頃に両親を交通事故で亡くした。それからというもの、新大久保の伯父に引き取られて社会へ出るまで世話になったが、この年になり妙に郷愁めいたセンティメンタルに駆られ門前仲町へ移ってきた。これまでの僕には珍しく衝動的な決断だった。

首都高を走る車の連結が走り抜ける乾いた通過音。遠くで鳴る緊急車輌のサイレン。結局、東京で暮らす以上は逃れられないノイズ達。毎晩それらが心の隙間に微かに、そして確実に積み重なっていく。

今夜は何一つ音がない。外界との一切を遮断したような場所にも思える。こんな夜もあるものか……そう感じたが特に気にとめる事もなかった。昼間にはビルの谷間に停滞する、熱と粘度の高い湿気が嘘のように涼しい夜だった。そよぐ風はどこか、秋の気配を含んでいる。

そして静寂も運んできた。夜空からも降ってきた。

孤独だ。

おそらく僕は、世界でただ一人生き残った最後の人間の孤独を感じていたに違いなかった。

近所の橋の舗道へ差し掛かる。青い欄干に街灯の照明。無論、「橋」とは反対側の岸へ架けられた単純な建造物である事はいうまでもない。しかしこの時の僕は、橋へ歩を進めるごとに胸騒ぎが高まっていた。

この橋は……一体どこへ架けられた橋なのか。反対側の岸には何があるのか。

いつしか自分の足音も聞こえなかった。無限の静寂に圧し潰されそうな感覚。そして僕は、橋を渡ったこの先に、まだ知らない何かが待っている事を知っている。僕はその正体を見届けたかっただけかもしれない。眠りについた人々の魂魄《こんぱく》が、僕の周囲にまとわりつく。僕は不思議とそれも自覚出来ていた。けして酒に酔っていた訳ではない。何を恐れるでもなく、僕は導かれるように歩を進めていた。

暫くしてふと気付いた。欄干の色が赤く錆びた色に変わっている。目に映る景色がセピア色に褪せてゆく。暗闇に目をこらせば、そこには見慣れたマンションの群れもない。

間違いない。僕が子供時代に見たこの橋の風景だ。


僕はいつの間にか時の歪みに迷い込んだようだ。あまりの懐かしさにポケットからスマホを取り出し、赤錆のその橋をカメラに収めた。

橋を渡り終えた時だった。一人の少年が袂《たもと》で座り込み膝を抱えている。現実ではないにせよ、子供が一人で徘徊していて良い時間ではない。僕は少年に声をかけた。

「おい、どうした？　坊や。こんな時間に一人で危ないぞ」

僕を見上げた少年の顔を見て、僕はただ息を飲んだ。少年は両目に涙を浮かべ、哀しみで充たしている。

何という奇蹟なのか。そうか、この不思議な旅の終着駅はここだったのか。

遠く幼き日の僕だった。僕は……いや、彼は、と言った方が正しい。彼は一瞬、怪訝そうな眼差しを向けたが、すぐさま立ち上がり埃を払いながら言った。

「ごめんなさい。子供の時間じゃないよね。帰ります」

「どうしたんだい？　パパとママにでも叱られたのかい？」

僕は答えを知っている質問を彼にぶつけた。

「ううん、パパとママは死んじゃったんだ。それでね、僕は新宿のおじさんちの子供になったの」（新大久保の伯父の事を、当時は新宿のおじさんと呼んでいた）

知っている。僕はこの場面を知っている。とにかくこんな場所にいても危ないからと、交番まで行こうと促し、二人並んで歩き出した。

「パパもママもいなくなって、大変だったね。でもね、知らない人には付いていってダメだと、パパやママ、伯父さんには教わらなかったかい？」

「うん、教わったよ。でもね、おじさんのことは信じて大丈夫だって、なんかね、そんな気がした」

そう答える事も知っていた。というよりは、忘れていた記憶が蘇り、映画の世界に迷い込んだ様に「あの日」が脳内に映し出されている。これは夢だ、いや夢じゃないと軽い葛藤を心に抱きながら。僕は自分の腰より少し背丈のある彼を見下ろしている。しかし同時に、彼の目線となって見ず知らずの親切な男性を見上げていた映像と重なる。彼が……いや違う。何かが僕の封印した扉を開け放つ瞬間だった。

僕は一度、身の上を預かってくれた伯父に叱られ、伯父の家を飛び出した事がある。僅かな小銭を握りしめ、道行く大人に「木場はどうやって行くんですか？」と尋ねながら、地下鉄を東西線まで乗り継ぎ、ようやく木場に辿り着いたのだった。その後も記憶だけを頼りに、住んでいた都営団地を尋ねるも、探していた両親の姿を見つけられる筈はない。

住んでいた部屋は施錠され、誰も居住していない事は子供心にも判断出来た。その時になって持っていた小銭を使い果たしている事に気付き、夜までさまよい途方に暮れていたのだ。その時に見ず知らずの親切な大人の男性に、助けてもらった事を思い出す。まさかその相手が未来から来た自分だなどと、当時の僕……つまり彼にわかる筈もない。

「そうだ。お腹が空いているだろう？　何か食べたい物はないかい？」

「うん……僕……もうお腹がペコペコだよ……」

「この先にコンビニがあるだろう？　おにぎりでも買ってあげよう」

「え？　コンビニってまだやってる時間なの？」

「ははは。もちろんさ。コンビニしかやっていないトコないだろ？　こんな遅い時間に」

しかし僕のその提案は、シャッターを下ろしているコンビニを見つけた事により無残に打ち砕かれた。そうだった。完全に時代があの頃のままだ。

「ほら、おじさん。まだ開いてるわけないじゃん。知らなかった？　セブン‐イレブンって、朝の七時から夜の十一時までやってるからセブン‐イレブンっていうんだよ」

仕方なく自動販売機を探し、ジュースを買ってあげる事にした。表示価格を見て一瞬戸惑ったが、この時代なら当然かと納得し百円硬貨を一枚入れてコーラを買った。

細長い二五〇ミリリットルの缶が出てきて彼に手渡した。

「ありがとう、おじさん」

彼はホッとしたように微笑んで受け取った。彼の空腹感。僕にはよく分かりすぎている。

「おじさんはどこでどんな仕事をしているの？」

「僕はね、大人の人達のビジネスのね、本を出版しているお仕事をしているんだよ」

子供にビジネスだとか出版、そんな単語がわかるものか。言ったすぐ後に小さな後悔が湧く。元々子供がいない僕にとって、子供とのコミュニケーションなど未知に等しい。だが彼は、「本」という単語に興味を示した。

「本？　本を書いてるの？　おじさん」

「いや、書いているんじゃない。誰かが書いた文章を、正式に本にして本屋さんで売ってもらうまでのお仕事なんだ」

「なーんだ。本を書いてるんじゃないんだ……」

この運命の悪戯なのか何なのか、導かれて彼と向き合わされた理由がわかった気がする。

「おじさん、僕ね……大きくなったら本を書きたいんだ。書けるかなぁ？」

「書けるよ。君なら書ける」

「何で初めて会った子供なのに、僕なら書けるってわかるの？」

「パパ、ママを亡くしてね、一人で寂しい思いをしてこんな遠くまでやってきたんだろ？そんな無茶な冒険が出来る子なんだ。書けない訳がないじゃないか」

「ありがとう、おじさん」

礼を言いたいのはこちらの方だ。

最近、会社の業績が落ちている事を、良いライターがいないからだとか、本を読む人間が減ったからだとか、自分の外に原因があるような愚痴ばかりをこぼしていた。そんな事も、もうどうでもよくなった。いつしか忘れていた。僕自身が本を書きたかった事を……思い出させてくれた彼に、礼を言いたいのはこちらこそ、なのだ。

「僕ね……転校した学校はまだ慣れてなくて……というか苛められてばかりでさ。いつも図書館にばかりいるんだ」

「本と友達になればいいよ。いつか本当に人々の為になるような本を書けばいい。いいかい？　君もこれから先、まだまだね、どちらを選べばいいかな？　という分かれ道に立つだろう。でもね、自分の可能性を信じてね。大変だなとわかっていてもやりたい事の道を選ぶんだよ」

「うん、わかった」

紛れもなく彼は鏡に映る自分自身だ。彼へ贈った言葉は、今の僕の言葉を使って僕自身へ向けられたメッセージだったからだ。

交番に着く。幸いにして若い警官がおり、僕は事情を伝えた。伯父は行方不明になった彼の捜索願いを届け出ており、その事も警官の照合によりわかった。まずは伯父が心配しているだろうから、電話をかけるように彼に伝えたがそれもすべて警察に任せる事にした。宿直当番が使う休憩室で、今夜の彼は寝させてもらう事となった。僕自身もそうなった事を思い出していた訳でもあるが。

僕自身も警官に身元を尋ねられたが、思い切り酔っている演技をして名乗る事は避け続けた。ただ帰りの電車賃くらいは渡してあげようと思い、財布を取り出した。しかしそこで紙幣の束を見てハッと気付く。野口英世や福沢諭吉が並んでいる。当時の紙幣は伊藤博文や聖徳太子だった筈だ。面倒に巻き込まれる訳にはいかなかった。

その時に初めて、僕は僕のいるべき現代へ帰れるのだろうかと不安がよぎった。よぎったがすぐ次の瞬間には「帰れる、大丈夫」と思い直した。僕にもここまで年を重ねきた人生の中で、一つ得た教訓があった。その教訓に従えば、帰れると思えば帰れる筈なのだ。

最後に警官に預けた彼との別れ際に、その教訓を伝えた。

「いいかい、坊や。もうこんな無茶をして伯父さんに心配かけちゃいけないぞ。それから君は本を書けるさ。これからも大変だなぁと思ったらこう口にすればいい。『そう、思ったら、そう』ＳＯＳだよ」

目が覚めるといつもの自分の部屋だ。やけにリアルな夢を見たものだ。身支度を済ませ、部屋を出た。いつもの青い橋を渡り会社へ向かう。

昨夜見た夢のせいで、心の奥底で自分が何か執筆したがっているという思いを、顕在する意識の階層まで引きずり出した気がしていた。余計なプライドがあった。今まで編集部にいてライターに注文をつけていた立場だった自分だ。今更、自らが書く事によって、拙い表現を嘲られたり、文章構成や内容を責められたりするのではないかという不安もあった。

だがやけに心の底から、昨夜見た夢の忘れていた教訓の言葉が引っかかる。

「そう、思えば、そう」

僕はふと思い出してスマホを取り出した。写真アルバムのアイコンをタップする。画像を見ただけでまったくの無音が伝わる、赤く錆びた橋の写真が映し出された。

〜完〜

おわりに

「時代をジャンプする」。一貫して、掲載した作品たちに込めたコンセプトです。

この短編小説集はそれぞれの作品が独立し、それぞれの登場人物がいますが、その彼らに現代と過去の追憶を往復させたドラマがあるだけではありません。それぞれの「時代」が放つ陰と陽、そのうねり。それらを蘇らせる設定に力を注ぎました。「時代」そのものを擬人化させる――。私にとっては「時代」こそが登場人物なのです。

それを紡いだ「壮大な絵巻」そんな風に捉えて頂ければと思います。

そういう意味で、あらためて六人の登場人物……もとい、「登場時代」を紹介しましょう。

・一九九〇年代。「失われた十年」

・二〇〇〇年代。「実力と成果主義の十年」
・二〇一〇年代。「《絆》と《心》の時代」
・二〇二〇年代。「カオスの現代」

加えて、そこに「幕末」と「第二次世界大戦終戦時」が登場しています。本当に若者が命をかけていた時代です。

団塊ジュニアである私と同世代以上の読者には、その時代の背景やエネルギーを「あの頃はそうだった、わかるわかる」と、共感を示して頂ける事柄も多いと思います。更に「現象は違えど根は同じ」で、「時代」そのものが「根」となり、起きる現象……つまりドラマが無数に茂る「葉」であるならば、それは「今」を生きている人の数の分だけあるのでしょう。

世界がそんな物語で溢れている中、自分のこれまでの作品の中から六作品を選びました。物語を通して当時のご自身のドラマを重ねて頂ければ嬉しい限りです。

歴史の学びは、ただ事件の名称と年号を暗記する事ではありません。過去を学んで未来を思い、その為に今を生きる。ここでは抽象的にまとめていますが、それが歴史の学びの本質と思います。場面場面で、その当事者になった気分で、臨場感を味わいながら自分を投影し、思いを巡らせていただければ尚、書いた甲斐はあるというもの。これからどんな困難に遭おうとも、「あの時代と比べたら……」と、立ち向かう勇気の材料に本書がなれれば、更に作家として冥利に尽きるというものです。

最後に「自分探し」をしている迷子の方へ。私は答えの導き方を二つ知っています。①「新しくやりたい事を見つける」。もしくは、②「昔、それが好きだったのだけど、『人に無理だと言われて諦めた』『バカにされ傷ついて諦めた』『自分で勝手に無理だと決めつけ諦めた』されど、それに取り組んでいる時が無常の喜びだった。そんな【本当の自分】を取り戻す」――この二つです。

過去に起きた事は確かに変えられません。過去を振り返りたくなければ①の方法を選べばいいでしょう。

ですが人は今、そして今から先の未来をどう生きるかで、過去が持つ意味は変えられます。その時は②の方法も諦めずに打ち込む価値はあると思います。

【『生きる』は『乗り越える』の連続】

その時代を生きた「あの日の自分」、乗り越えて辿り着いた「今の自分」、そしてこれから「目指す自分」。

物語の主役は皆、自分自身です。これからの皆さんの物語が充実したものでありますように、心から祈っています。

令和三年五月

Ｊｕｎ モノエ

Special thanks to

「白虎隊自刃」
題字：増子哲平氏

「右手の彼方に」
題字：物江潤（本人）

「雪の下僕」
題字：北平貴之氏
写真：細川真由美氏

「さざめきと揺らぎと」
題字：小幡千恵氏
写真：芦屋裕子氏

「やまね雨」
題字：早坂琢弥氏
写真：Tetsuya Ara 氏

「そう思えばそう」
題字：八巻宏美氏
写真：佐伯昭宏氏
イラスト：かさはらりさ氏

カバー（at 會津珈琲倶楽部）及び著者近影
写真：田中将氏

「やまね雨」の基となる三船殉難事件の体験者　T.S. 氏
発刊・編集に際し担当してくれた桜井栄一氏、田谷裕章氏
アンバサダーの中川綾氏
父、母、妻に子供たち、支えてくれたすべての友人たちへ
ありがとうございます

〈著者略歴〉

Jun モノエ
1972年、福島県会津若松市生まれ。

【LifeP.A.C.Age】代表。

「サービスパーソン・アカデミー」副代表。

コンテンツ制作、動画編集、SNS運用代行、マーケティング＆ブランディングサポート、電気通信インフラ事業、ライティング講習会、観光プロモーション業など、多岐にわたるパラレルワーク展開。

高校時代からボクシングを始め、卒業後は上京しプロボクサーとして試合を重ねた。その後、冠婚葬祭や叙勲・褒章関連の記念品・贈答品や、企業SPの専門店「株式会社ギフトプラザ」に24年勤務し、営業Mgr、店長、エリアMgr等を歴任。南東北・新潟エリアでの16回にわたる異動で、各地に人脈を築く。その傍ら、Webマガジン（以降、ローカルで発刊）のライター活動も行い、とあるYouTube・SNSインフルエンサーが運営するオンラインサロンの管理人も拝命し携わる。異色の経歴を経て今回、本作を出版。

装丁／横田和巳（光雅）
制作／パラレルヴィジョン《福田優香・小林 淳》
校正協力／伊能朋子
編集／田谷裕章

環らざる時のシジマに
過去を未来に繋ぐ６つの成長譚

初版１刷発行 ● 2021年7月20日

著者
Jun モノエ

発行者
小田 実紀

発行所
株式会社Clover出版
〒101-0051 東京都千代田区神田神保町3丁目27番地8 三輪ビル5階
Tel.03(6910)0605 Fax.03(6910)0606 https://cloverpub.jp

印刷所
日経印刷株式会社

ISBN978-4-86734-025-7 C0093

本書の内容に関するお問い合わせは、info@cloverpub.jp宛にメールでお願い申し上げます